ISBN 2-84580-813-5
ISBN ÉDITION ORIGINALE 4-08-873350-9

2 VOYAGE ENTRE FILLES À OKINAWA

Pretty Face

YASUHIRO KANO

PERSONNAGES

MASASHI RANDO

(YUNA KURIMI)

DOCTEUR MANABÉ

RINA KURIMI

KEIKO TSUKA-MOTO

MIDORI AKAÏ

YUKIÉ SANO

YUNA KURIMI (LA VRAIE)

HISTOIRE

Masashi Rando, élève en troisième année au lycée Seika est victime d'un accident de la route en rentrant chez lui. Quand il se réveille après un an de coma, c'est pour se retrouver affublé du visage de sa bien-aimée, Rina Kurimi !!

Il découvre alors que défiguré dans l'accident, le docteur Manabé s'est servi d'une photo que Masashi portait sur lui pour lui remodeler le visage.

Le problème, c'est que, à la suite d'un malentendu, Masashi est pris pour la sœur jumelle de Rina et qu'il va devoir vivre en tant que Yuna Kurimi. Et vivre dans la peau d'une autre sans se faire prendre est loin d'être facile !!

Pretty Face

-1-

SOMMAIRE

Pretty Face

CHAPITRE 9
VOYAGE ENTRE FILLES À OKINAWA

PLAN CULOTTE GRATOS

C'EST COOL DE COMMENCER LES VACANCES PAR UN SÉJOUR À OKINAWA
C'EST YUNA QU'IL FAUT REMERCIER
MERCII !!
C'EST RIEN ALLONS ...
JE SENS MAL CES VACANCES...
JE VAIS ÊTRE ENTOURÉ PAR QUATRE NANAS JOUR ET NUIT
À LA PREMIÈRE GAFFE, JE SUIS CUIT
ON VA DORMIR ICI ?
SUPER !!
BON, IL SUFFIRA JUSTE QUE JE M'ENFERME DURANT TOUT LE SÉJOUR...
MADEMOISELLE KURIMI ET SES INVITÉES ? NOUS VOUS ATTENDIONS
RECEPTION
VOTRE CHAMBRE POUR CINQ EST PRÊTE
QUOII ?!!
ON VA BIEN S'AMUSER !!

QUE C'EST GRAAND !!
ON VA DORMIR TOUTES ENSEM-BLE !!
ÇA Y EST, JE SUIS MORT. JE PENSAIS QU'ON AURAIT DES CHAMBRES SÉPARÉES
BON, ON VA SE BAIGNER ?
BIEN SÛR !!
JE PORTE LES FAUX SEINS DE MANABÉ...
VOIR CHAP.7 DU VOL.1
J'ESPÈRE QUE ÇA IRA
IL FAIT UNE DE CES CHALEURS

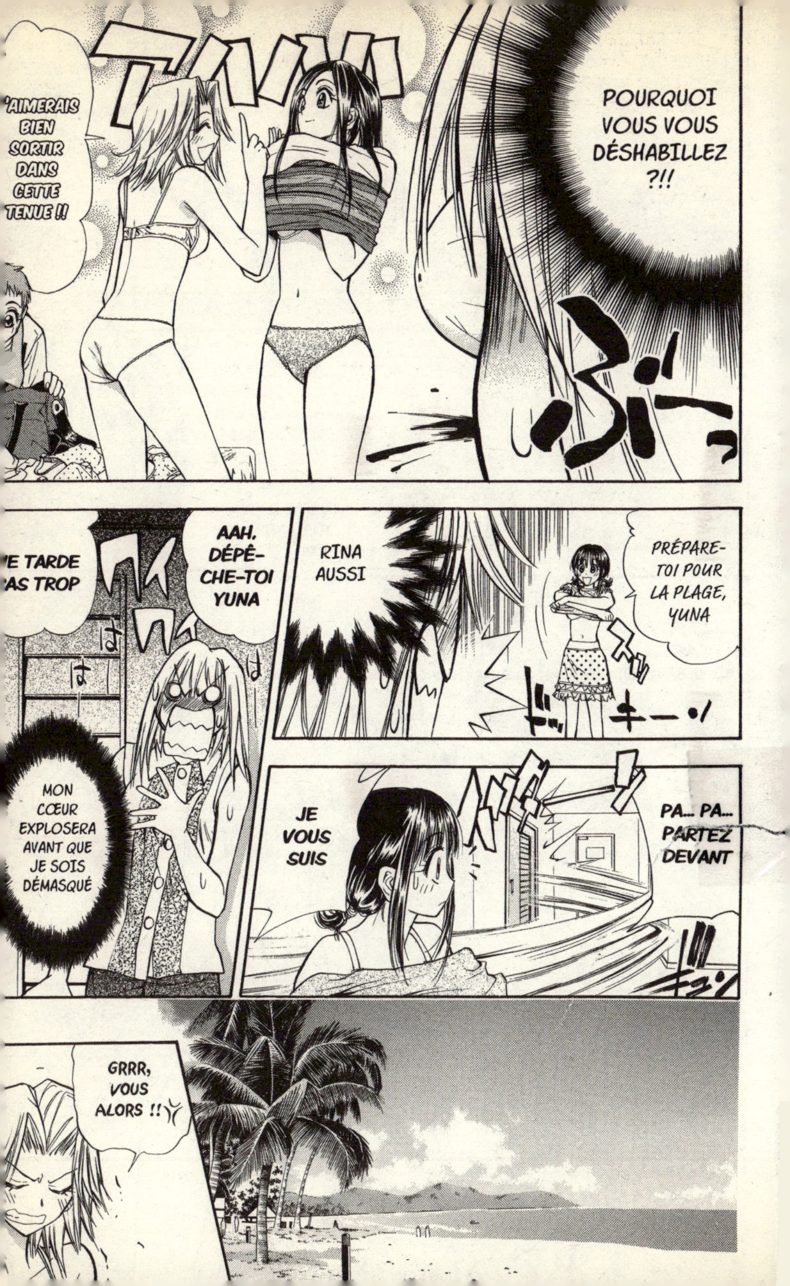
POURQUOI VOUS VOUS DÉSHABILLEZ ?!!
'AIMERAIS BIEN SORTIR DANS CETTE TENUE !!
PRÉPARE-TOI POUR LA PLAGE, YUNA
RINA AUSSI
AAH, DÉPÊCHE-TOI YUNA
E TARDE AS TROP
PA... PA... PARTEZ DEVANT
JE VOUS SUIS
MON CŒUR EXPLOSERA AVANT QUE JE SOIS DÉMASQUÉ
GRRR, VOUS ALORS !!

VOUS NE POUVIEZ PAS METTRE DES TRUCS PLUS SEXY
SURTOUT TOI YUNA ! POURQUOI AS-TU MIS UN SHORT ?!
EUH EH BIEN
JE SUIS À MA LIMITE LÀ
NOUS SOMMES À OKINAWA QUE DIABLE
LE MAILLOT DE RINA EST WAOUH !!
PRENEZ EXEMPLE SUR RINA
SI VOUS NE FAITES PAS D'EFFORT...
VOUS NE TROUVEREZ JAMAIS DE GARÇON
QUOI ? TU ES VENUE POUR DRAGUER, MIDORI ?!
ELLE ALORS !!
BIEN SÛR !! LA MER, LES MAILLOTS DE BAIN !! ÇA SERT À DRAGUER, NON ?

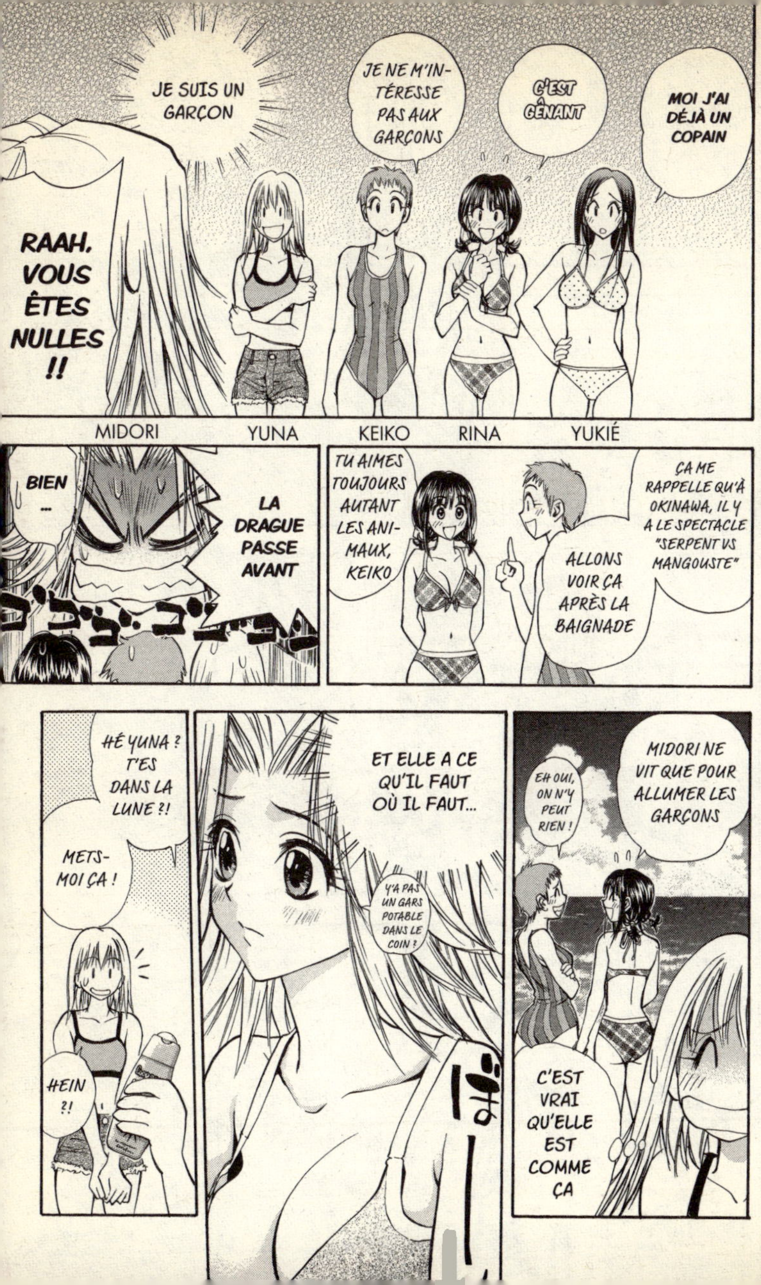
MOI J'AI DÉJÀ UN COPAIN
C'EST GÊNANT
JE NE M'INTÉRESSE PAS AUX GARÇONS
JE SUIS UN GARÇON
RAAH, VOUS ÊTES NULLES !!
MIDORI
YUNA
KEIKO
RINA
YUKIÉ
ÇA ME RAPPELLE QU'À OKINAWA, IL Y A LE SPECTACLE "SERPENT VS MANGOUSTE"
ALLONS VOIR ÇA APRÈS LA BAIGNADE
TU AIMES TOUJOURS AUTANT LES ANIMAUX, KEIKO
BIEN ...
LA DRAGUE PASSE AVANT
ゴゴゴゴゴ
MIDORI NE VIT QUE POUR ALLUMER LES GARÇONS
EH OUI, ON N'Y PEUT RIEN !
C'EST VRAI QU'ELLE EST COMME ÇA
ET ELLE A CE QU'IL FAUT OÙ IL FAUT...
Y'A PAS UN GARS POTABLE DANS LE COIN ?
ぽー
HÉ YUNA ? T'ES DANS LA LUNE ?!
METS-MOI ÇA !
HEIN ?!

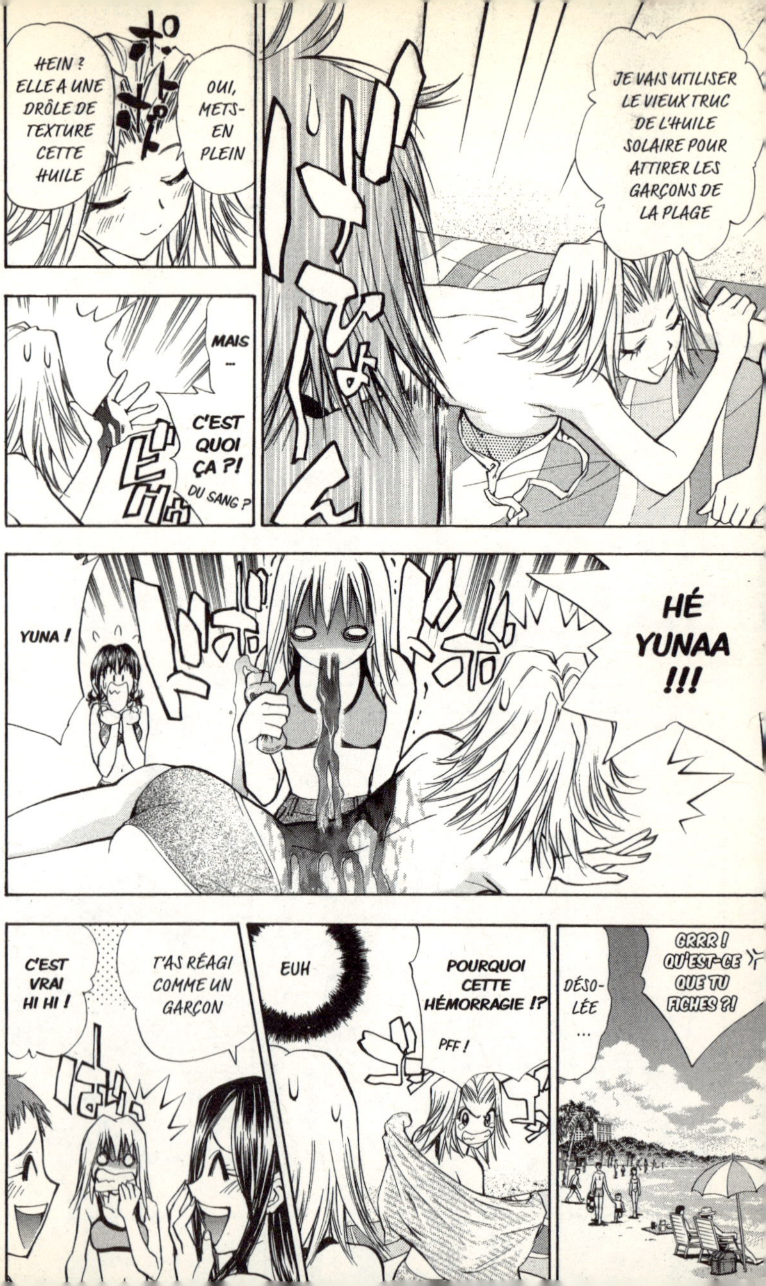
JE VAIS UTILISER LE VIEUX TRUC DE L'HUILE SOLAIRE POUR ATTIRER LES GARÇONS DE LA PLAGE
OUI, METS-EN PLEIN
HEIN ? ELLE A UNE DRÔLE DE TEXTURE CETTE HUILE
MAIS ...
C'EST QUOI ÇA ?!
DU SANG ?
HÉ YUNAA !!!
YUNA !
GRRR ! QU'EST-CE QUE TU FICHES ?!
DÉSO-LÉE ...
POURQUOI CETTE HÉMORRAGIE !?
PFF !
EUH
T'AS RÉAGI COMME UN GARÇON
C'EST VRAI HI HI !

EUH EN FAIT...
C'EST LA CHALEUR QUI ME REND MALADE...
ZUT !!
JE VAIS ME BAIGNER POUR ME RAFRAÎCHIR LES IDÉES
YUNA ? TU Y VAS EN SHORT ?
T'IN-QUIÈTE
COMMENT RESTER SAGE FACE À QUATRE CANONS EN MAILLOT DE BAIN ?
AAH
C'EST LA PREMIÈRE FOIS QUE JE VIENS SUR UNE PLAGE COMME ÇA
CAMP D'ENTRAÎNEMENT
JUSQU'À MAINTENANT, JE N'ÉTAIS VENU QUE POUR M'ENTRAÎNER AU KARATÉ
C'EST PAS UN CONCOURS DE T-SHIRT MOUILLÉ
OUI !!
YUNA !
ON FAIT UNE PARTIE DE BEACH VOLLEY ?!

OUF... LE BEACH VOLLEY NE DEVRAIT PAS PROVOQUER DE SOUCI...
HEIN ? OÙ EST MIDORI ?
À LA CHASSE AUX GARÇONS
まいるよねー
ALLEZ !!
HOP !!
HA HA HA HA !!
AAH
EH
PARDON
OUPS !!
À MOI !!

AAH !!
AAH !
AH
AH
AH
OUUH !!!
QU'Y A-T-IL YUNA ?
TENTE DE SE CALMER !
EUH... JE SUIS FATIGUÉE...
PAS DE TEMPÊTE ANNONÇANT UNE CATAS-TROPHE
IL FAUT QUE JE ME CALME
L'ÉTÉ À LA PLAGE PEUT ÊTRE AUSSI EFFRAYANT
JE VAIS RESTER COMME ÇA À BRONZER SANS BOUGER

AAH... J'ABAN DONNE YUNA
QUEUCHI, RIEN, LE DÉSERT
TROP COOL LA VUE
QUELLE FAÇON DE S'ASSEOIR MIDORI
MOI QUI M'ENDOR-MAIS ...
AÏÏÏE !!!
QU'EST-CE QUE TU AS ?
MAL AUX FESSES !
AAH ! TU AS ATTRAPÉ UN COUP DE SOLEIL
VOILÀ CE QUE C'EST DE S'ALLONGER EN PLEIN SOLEIL JUSTE APRÈS LA BAIGNADE
TU FERAIS MIEUX DE TE RINCER EN VITESSE
OUI
AÏE AÏE AÏE !!

AU MOINS, JE SERAI TRANQUILLE DANS LA SALLE DE BAIN DE L'HÔTEL...
OH, MADE-MOISELLE
!!
JE SUIS DÉSOLÉE, LA SALLE DE BAIN DE VOTRE CHAMBRE EST EN DÉRAN-GEMENT
MAIS SI VOUS LE VOULEZ, VOUS POUVEZ UTILISER LE GRAND BAIN DU QUATRIÈME ÉTAGE
POUR LE MOMENT, IL EST RÉSERVÉ AUX MEMBRES DE VOTRE GROUPE
J'AI COMPRIS
MERDE ! C'EST PAS MON JOUR
岩風呂
貸切
PFFF...
JE ME SENS REVIVRE

AH C'EST VRAI...
JE VAIS POUVOIR ENLEVER CE TRUC...
D'APRÈS LA FILLE, LE BAIN NOUS EST RÉSERVÉ
POITRINE ARTIFICIELLE B-CUP (FAIBLE ADHÉSIF)
AAH, VIVE LA LIBERTÉ !!
C'EST LA PREMIÈRE FOIS QUE JE ME SENS SI BIEN DEPUIS NOTRE ARRIVÉE !
D'UN CÔTÉ C'EST LE RÊVE DE PASSER LES VACANCES AVEC LES FILLES
MAIS TROIS NUITS À CE RYTHME...
DANS CE GENRE DE VOYAGE...
RESTER DANS SON COIN SERAIT LA MEILLEURE CHOSE À FAIRE
OH !! IL Y A DES VÊTEMENTS !!
YUNA EST SÛREMENT DÉJÀ LÀ
GLOUPS... JE RÊVE ?!!

YUNAA
ON VA PRENDRE UN BAIN TOUTES ENSEMBLE
C'EST TROP TRISTE DE RESTER SEULE !
HEIN ? ELLE N'EST PAS LÀ ?
TANT PIS, ALLONS-Y !!
OH ! C'EST GRAND !!!
H... HII !!!

QU'EST-CE QUE JE VAIS FAIRE ?!!!
T'AS VU ? JE SUIS DÉJÀ TOUTE BRONZÉE
C'EST COOL OKINAWA
PAR CONTRE, PAS UN GARÇON !
TU RÉES-SAIERAS DEMAIN, VA
HÉÉ ! DEMAIN C'EST MON SPECTACLE DE LA MANGOUSTE ON AVAIT DIT !!
ENCORE ÇA...
AU FAIT... POURQUOI YUNA GARDAIT-ELLE SON SHORT ?
PEUT-ÊTRE QU'ELLE A OUBLIÉ DE S'ÉPILER LE MAILLOT !
AH OUI, SÛREMENT !!
ÉPILONS-LA CE SOIR TOUTES ENSEMBLE !!
EUH, ÇA VA PAS LE FAIRE LÀ
AU FAIT, OÙ PEUT-ELLE ÊTRE ?
C'EST VRAI, SES VÊTEMENTS ÉTAIENT LÀ, C'EST BIZARRE

OH, IL Y A UN SAUNA LÀ-BAS !!
NON !!
VOYONS ?
GLOUPS
NON, PERSONNE !!
BIZARRE
JE VOIS, ELLE DOIT SE CACHER POUR NOUS FAIRE UNE BLAGUE !!
OUAIS ! ON VA LA TROUVER !!
DANS L'EAU
OH NOON !
SI ELLES ME TROUVENT, CETTE BD NE FERA QU'UN VOLUME...
IL N'Y A QU'UNE SORTIE
JE DOIS LA REJOINDRE SANS ME FAIRE DÉMASQUER
HM ?

LE PLAFOND ET LES MURS DE CETTE PISCINE SONT COUVERTS DE PIERRES...
LA VOILÀ !!
HEIN ?
DANS CE CAS ...
TU L'AS TROUVÉE ?
BEN NON
OÙ PEUT-ELLE ÊTRE ?
ELLE N'A PAS PU SORTIR TOUTE NUE
BIZAR-RE
BON... J'Y SUIS PRESQUE
FIGHT !
ENCORE UN EFFORT

HEIN ?
QUOI ?!
AAAH!!
HYAAAH!!
?

QU... QUOI ?!
C'ÉTAIT QUOI ?!
HII
AAH !!
UN PER-VERS !!
IL L'A ENROULÉ EN TOMBANT !
YUNA (MASASHI)
VITE !! UNE SER-VIETTE !!
ARGL !!
IL... IL S'ENFUIT !!
ATTENDS UN PEU !!

!? YUNA ?!!!
TU ÉTAIS LÀ ?
ENFIN BREF... Y'A PLUS GRAVE !
SAUVÉ ...
QUE SE PASSE-T-IL MESDEMOISELLES ?
AH ! IL Y AVAIT UN PERVERS À POIL !!
VOUS NE L'AVEZ PAS VU SORTIR ?
C'ÉTAIT UN NABOT AVEC UN CORPS CHÉTIF ET UN TOUT PETIT SEXE !!
LA POLICE VA FAIRE SON ENQUÊTE, MAIS NOUS SERONS PLUS PRUDENTS À L'AVENIR
ON L'ESPÈRE BIEN
NOUS SOMMES DÉSOLÉES
QU'EST-CE QUE TU AS. YUNA ?!
NABOT. CHÉTIF. PETIT SEXE...
C'EST L'ÂME MEURTRIE QUE MASASHI ACHEVA SON PREMIER JOUR À OKINAWA AVEC LES FILLES...

Pretty Face

CHAPITRE 10
LA PLAGE DES SOUVENIRS

5H30
AAH ! COMME JE M'EN DOUTAIS, Y'A PERSONNE À SIX HEURES DU MAT' !!!
SUPER !!
QUOIQUE JE PEUX LE FAIRE ICI…
QU'EST-CE QUE TU AS ?
J'AURAIS BIEN DORMI ENCORE UN PEU MAIS C'ÉTAIT TROP RISQUÉ AVEC LES FILLES !!
YUNA… LE JOUR EST LEVÉ !!
AAAH !!

RINAA ?!
HA HA ! JE T'AI SUIVIE QUAND TU AS FILÉ
ET LES TROIS AUTRES ?!
OH, VU CE QU'ELLES ONT FAIT HIER, ELLES SONT CREVÉES
C'EST AGRÉABLE AUSSI LA MER LE MATIN
JE N'AURAIS JAMAIS PENSÉ ÊTRE SEUL ICI AVEC RINA
BIEN SÛR, NOUS SOMMES SOUVENT ENSEMBLE À LA MAISON... MAIS LÀ, ÇA N'A RIEN À VOIR
JE SUIS CONTENTE D'ÊTRE VENUE À OKINAWA ♡

ÇA FAISAIT LONGTEMPS QUE JE NE M'ÉTAIS PAS AUTANT AMUSÉE
ÇA FAIT UN TRIMESTRE QUE TU ES REVENUE
JE SUIS VRAIMENT HEUREUSE
APRÈS TON DÉPART, JE NE VOULAIS PLUS ENTENDRE PARLER DE VOYAGE
!!
AAII... MOI AUSSI !
POURTANT J'AI EU DE DURS MOMENTS !!
MAIS VOIR LA DOUCE RINA ÉPANOUIE VALAIT BIEN TOUT ÇA... PAR CONTRE, JE ME SENS COUPABLE...
PARCE QUE JE NE SUIS PAS LA VRAIE YUNA !!!!
JE NE SUIS PAS DIGNE D'UNE FILLE SI SUPER !!

JE SAIS QUE JE JOUE LA GRANDE SŒUR POUR LE BIEN DE RINA...
MAIS EST-CE VRAIMENT ...
!!
QUOI ?! QU'EST-CE QUI TE PREND ?!
HMM... RIEN
JE VOULAIS JUSTE ÊTRE COMME ÇA
RINA...
C'EST TROP COOL LA VIE ! SI JE POUVAIS VIVRE ÇA EN TANT QUE MASASHI...

AAH !
QU... ?!
OH... VOUS N'ÊTES PAS UN COUPLE ?!
QU'EST-CE QUE TU FAIS, SALE MIOCHE ?!
DÉTRUIRE UN TEL MOMENT D'EXTASE !
DÉSOLÉ, JE CROYAIS ÉCLABOUSSER UN COUPLE D'ABRUTIS
JE N'AVAIS PAS VU QUE VOUS ÉTIEZ DEUX FILLES
HÉ ATTENDS ! C'EST DANGEREUX DE SE BAIGNER SI TÔT !!
(IL FAIT ENCORE FROID)
PAS DE PROBLÈME !
PFF... QUEL SALE GOSSE
OH ...
AH, ZUT !!
J'AI LAISSÉ MASASHI PARLER !!

TU AS TOUJOURS ÉTÉ...
BEAUCOUP PLUS ÉNERGIQUE QUE MOI
MAIS ON DIRAIT QUE TU L'ES DEVENUE ENCORE PLUS !
NOON
C'EST JUSTE QUE...
TU ME FAIS PENSER À QUELQU'UN QUE J'AIME
C'EST CE QUE JE ME DISAIS...
EUH... C'EST BIZARRE ?
TU TROUVES ÇA DRÔLE ?
ZUT ...
QUELQU'UN QUE TU AIMES ?
RINA ?! TU T'ES TROUVÉ UN AMOUREUX ?!
MERDE
NON
TU LE SAIS BIEN

JE PARLE DE MASASHI RANDO
IMAGE DE MASASHI POUR RINA
M... MOI ?
RINA M'AIME ...
ELLE L'AVAIT DÉJÀ DIT MAIS C'EST TELLEMENT BON DE L'ENTENDRE
?
TOUT LE MONDE AU LYCÉE LE TROUVAIT "EFFRAYANT", "UNE MAUVAISE FRÉQUENTATION" DISAIT-ON...
J'EN AI ENTENDU DES RUMEURS À SON SUJET
MÉTA-PHORE
MAIS MOI JE N'ÉTAIS PAS D'ACCORD

IL ÉTAIT PEUT-ÊTRE TURBULENT MAIS...
IL DISAIT TOUJOURS CE QU'IL AVAIT À DIRE
IL POSSÉDAIT TOUT CE DONT JE MANQUAIS
JE L'ENVIAIS TELLEMENT...
OOUH, QU'EST-CE QUE JE RACONTE, MOI ?!
RINA...
ÇA TOURNE ENCORE PLUS QUE D'HABITUDE
ELLE M'ADMIRAIT COMME J'ÉTAIS...
JE... JE SUIS GÊNÉ...
MAIS HEUREUX...
ET PUIS,
IL AVAIT UN CÔTÉ TRÈS GENTIL AUSSI

J'ÉTAIS LA SEULE À M'EN RENDRE COMPTE
C'ÉTAIT L'ANNÉE DERNIÈRE EN MAI...
LE JOUR OÙ...
JE L'AI VU POUR LA PREMIÈRE FOIS...
QUE FAIS-TU ?
LAISSE !
PLUS AU FOND !
NON, PAS MOYEN !!
QUE FAIRE ?!
QU'EST-CE QUI VOUS ARRIVE ?!
UN CHIEN EST COINCÉ DANS LE TUYAU !

C'EST VRAI !!
QUELLE HORREUR !!
PAS MOYEN DE L'ATTRAPER ?!
ON ESSAIE DEPUIS TOUT À L'HEURE !
MAIS C'EST IMPOSSIBLE !
JE VAIS ALLER PRÉVENIR LA POLICE !
TENEZ BON !
PEUT-ÊTRE AVEC UN BÂTON ?
HEIN ? JE NE L'ENTENDS PLUS PLEURER !! OH NON !
QUE FAITES-VOUS ?
ON ESSAIE DE SAUVER UN CHIEN !!
IL Y A UN CHIEN LÀ-DEDANS ?!
OUI !! LA FERME !!!
...
EUH

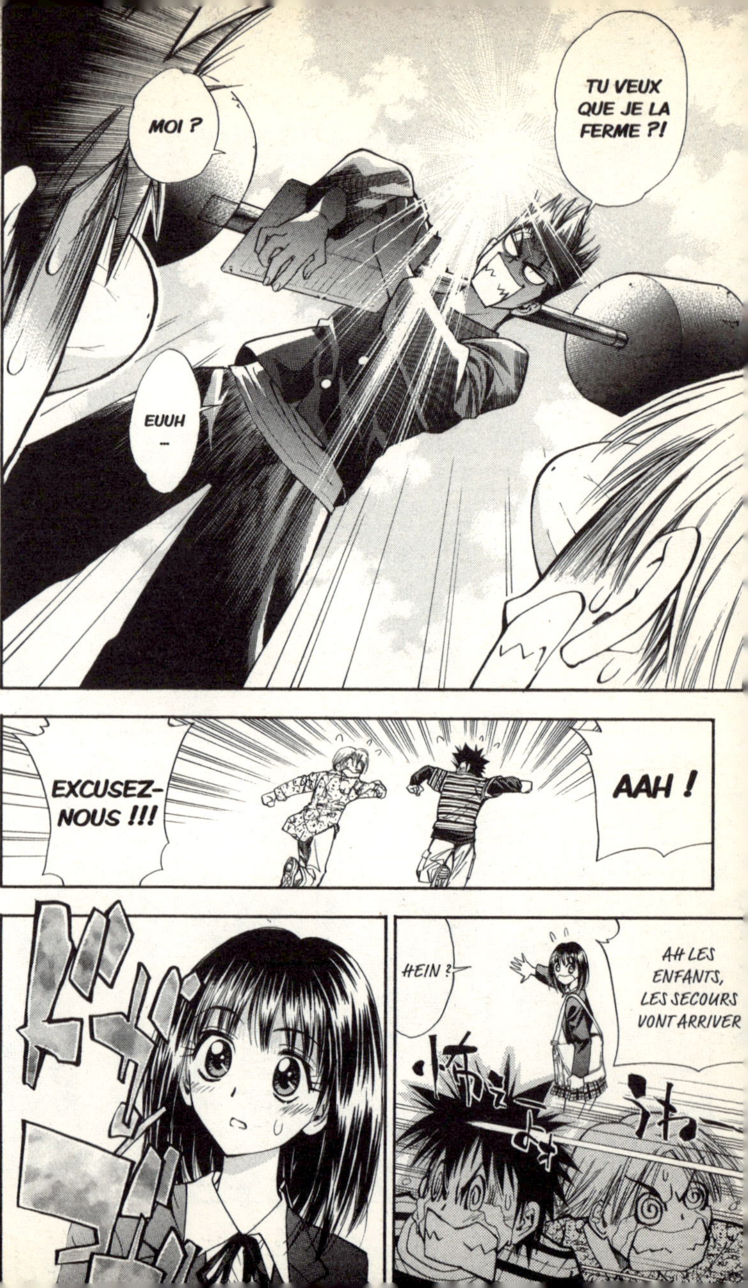

TU VEUX QUE JE LA FERME ?!
MOI ?
EUUH ...
AAH !
EXCUSEZ-NOUS !!!
AH LES ENFANTS, LES SECOURS VONT ARRIVER
HEIN ?

AAH !!!
AAH !!!
C'EST MASASHI RANDO...
QUE JE CROISE DE TEMPS EN TEMPS DANS LE BUS
QUOI ?!
HEIN ? HEIN ?

OH, TU ES TOUJOURS EN VIE ?
TANT MIEUX
DEPUIS CE MOMENT-LÀ...
C'EST VRAI, JE ME SOUVIENS DE ÇA
JE NE SAVAIS PAS QUE RINA ME REGARDAIT ...
À CHAQUE FOIS QUE JE L'AI VU, J'AI FAIT TRÈS ATTENTION À CE QU'IL FAISAIT
HEIN ? MAIS APRÈS...
HÉ VOUS. QU'EST-CE QUE VOUS AVEZ FAIT ?!

SUIVEZ-NOUS AU POSTE !
C'EST ILLÉGAL !!
HEIN ?! MAIS POURQUOI ?!
C'EST TOI QUI AS VOLÉ LES PANNEAUX DE SIGNALISATION !! TON COMPTE EST BON !!
MAIS ÉCOUTEZ CE QUE J'AI À DIRE !!
ENSUITE, IL S'EST FAIT ARRÊTER SANS QUE JE PUISSE EXPLIQUER QUOI QUE CE SOIT !
C'ÉTAIT RIGOLO !!
RINA...
MAIS VRAIMENT PAS JUSTE...
!!
IL SE NOIE...
QUEL DIOT !!
HÉ DIS...
C'EST LE GOSSE DE TOUT À L'HEURE, NON ?

HÉ, VOUS ÉTIEZ LÀ ?!
ON VA PETIT-DÉJEUNER ?
AU SECOURS ! UN GOSSE EST EN TRAIN DE SE NOYER !!
HEIN ?!!
YUNA !!
YUNA A PLONGÉ MAIS... MAIS...
CALME-TOI RINA !!
AAH ! POURQUOI SUIS-JE SI INUTILE DANS DES MOMENTS PAREILS ?!
YUNA !!!

IL VA BIEN
ON DIRAIT QU'IL N'A QU'UNE CRAMPE
MASASHI ?!
...!?

JE VAIS APPELER UNE AMBULANCE !!
...
EUH... YUNA ?!!
PFF... HA HA HA HA !!
ON VENAIT D'EN PARLER ET, QUAND JE T'AI VUE SORTIR DE L'EAU, J'AI EU L'IMPRESSION DE REVOIR MASASHI
TU M'AIDES À LES ENLEVER ?
EN TOUT CAS, TU AS ÉTÉ HÉROÏQUE !

COMME MASASHI À L'ÉPOQUE !
QU'EST-CE QUE JE DIS ?! IL DOIT SE METTRE EN COLÈRE AU PARADIS !
SAUF QUE, POUR MOI, LE PARADIS, C'EST ICI
JE COMMENCE À AVOIR FAIM
ON RENTRE À L'HÔTEL ?
ON DIRAIT QUE RINA M'AIME TOUJOURS !
AH, JE N'AI JAMAIS EU TANT HÂTE DE RETROUVER LA VRAIE YUNA
POUR REDEVENIR MASASHI RANDO !!
UNE HEURE PLUS TARD
BIEN SÛR, LES ÉTOILES DE MER ÉTAIENT VÉNÉNEUSES ...
C'EST DÉGOÛTANT GRANDE SŒUR !!

Pretty Face

CHAPITRE 11
YUKIÉ, LA TERRIBLE

C'EST LE DERNIER JOUR À OKINAWA POUR YUNA (MASASHI) ET LES FILLES
DITES
J'AI FAIT UNE DÉCOUVERTE GÉNIALE !
UN SUPERBE PANORAMA À L'ABRI DES REGARDS
ALLONS LÀ-BAS !!
CE N'EST PAS LOIN ET IL PARAÎT QUE CE SONT DES GROTTES À VOIR !!
ON NE VIENT PAS
HEIN ? POUR-QUOI ?!
BEN, C'EST LE DERNIER JOUR
ON AVAIT DÉCIDÉ D'AVOIR QUARTIER LIBRE JUSQUE 4 H AVANT D'ALLER À L'AÉROPORT

MOI JE VAIS VOIR ÇA !!
C'EST LA MANGOUSTE TUEUSE QUI A GAGNÉ DIX FOIS DE SUITE
MOI JE VAIS ATTAQUER UN BEAU GOSSE QUE J'AI REPÉRÉ HIER
JE VAIS ME FABRIQUER DES SOUVENIRS DE VACANCES
QUOI ?! C'EST TOUT CE QUE VOUS AVEZ À DIRE AU SUJET DE MA TROUVAILLE ?!
J'AI COMPRIS !! J'IRAI SEULE !!
EUH YUKIÉ ?
QUOI ? OÙ VAS-TU TOI RINA ?
BEN
J'AIMERAIS BIEN VOIR CETTE GROTTE AVEC TOI
MOI ?
C'EST VRAI ?!
YUNA ET MOI, ON N'AVAIT RIEN PRÉVU DE SPÉCIAL !
AAH, RINA ! TOI TU ES UNE VRAIE COPINE !!
TU EXAGÈRES !

JE N'AIME PAS TROP CES ENDROITS-LÀ, TU SAIS
CHUT !!
NE DIS RIEN YUNA ! CE SERAIT TERRIBLE SI YUKIÉ SE METTAIT EN COLÈRE
TERRIBLE ?!
?
YUKIÉ EST LA FILLE LA PLUS ADULTE ET RAISONNABLE DU GROUPE, JE NE VOIS PAS LE PROBLÈME...
ET C'EST COMME ÇA QUE...
OOH ! C'EST BEAU !!!
JE SUIS HEUREUSE D'ÊTRE VENUE !!
C'EST JOLI MAIS... IL N'Y A PERSONNE D'AUTRE...
MÊME PAS UN GUIDE POUR NOUS FAIRE VISITER
OUAH ! GÉNIAL !!

VOUS AVEZ EU RAISON DE VENIR
LES DEUX AUTRES NE COMPRENNENT RIEN À CE QUI EST BEAU
LES 2 AUTRES
QUOI ?!
YUKIÉ, TOI ALORS
YUNA, ÇA A L'AIR INTÉRESSANT !!
EXPLORATION DE LA GROTTE
COIN AVENTURE
ENTRÉE LIBRE
HEIN ? QUOI ? QUOI ?
ÇA A L'AIR AMUSANT !!
COIN AVENTURE ?
ÇA N'EST PAS TRÈS RASSURANT !
IL FAIT TOUT NOIR !
TIENS, IL Y A UN PAPIER ATTACHÉ À LA PANCARTE
ALLEZ, ENTREZ, ON VERRA BIEN !!
AAH !

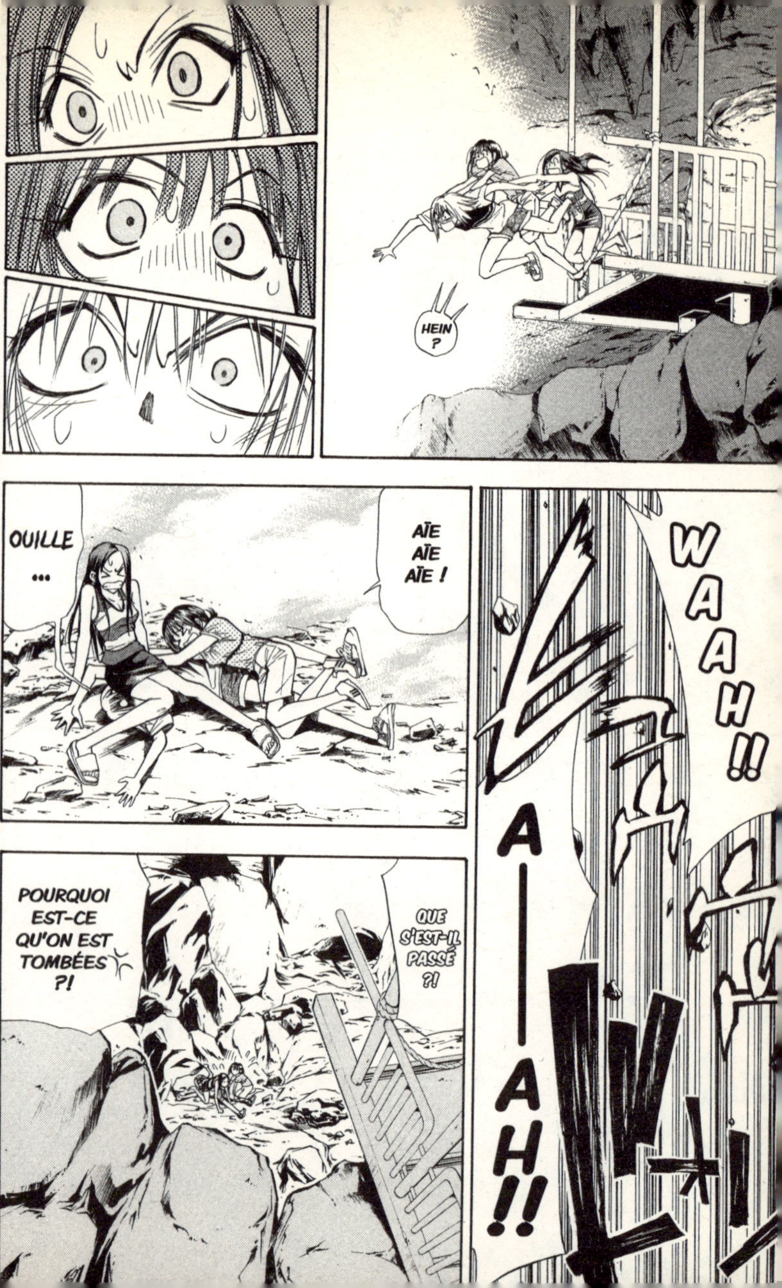

HEIN ?
WAAAH!!
A—AH!!
AÏE AÏE AÏE !
OUILLE ...
QUE S'EST-IL PASSÉ ?!
POURQUOI EST-CE QU'ON EST TOMBÉES ?!

REGARDEZ !! LE PONT EST COUPÉ !!
C'EST QUOI ÇA ?
QUOII ?!
EN RAISON DE TRAVAUX, CETTE VOIE EST COUPÉE !
ENTRÉE RÉSERVÉE AUX MEMBRES DU PERSONNEL
QUOI ?!!! C'EST EN TRAVAUX À L'INTÉRIEUR ?!!! ILS AURAIENT PU MIEUX FIXER LEUR PAPELARD !!
QU'EST-CE QU'ON VA FAIRE ? IL N'Y A PAS D'ESCALIERS !!
IL N'Y AVAIT PERSONNE DEHORS !
ON NE PEUT PAS REPARTIR ?!
IMPOSSIBLE D'ESCALADER CES PIERRES
MÊME POUR MOI...
LE PORTABLE NE PASSE PAS !!!?
HORS RÉSEAU

GRRR ! POURQUOI S'EST-ON FOURRÉES DANS UN PÉTRIN PAREIL ?!
QU'EST-CE QUE TU RACONTES ?! C'EST TOI QUI NOUS AS POUSSÉES
QUOI ?!
SI TU AVAIS ÉTÉ PLUS RESPONSABLE, RIEN NE SERAIT ARRIVÉ
ET PUIS, C'EST TOI QUI VOULAIS VOIR LES GROTTES ...
ARRÊTE YUNA !!
HEIN ?
QUOI ? MOI ?
J'AI FAIT UNE BÊTISE ?! MOI ?!
TU VEUX DIRE QUE C'EST MA FAUTE ?!!
EEEH
QU'EST-CE QUI LUI PREND ?!
ATTENDS YUKIÉ !! YUNA NE VOULAIT PAS DIRE ÇA
AAAH !!

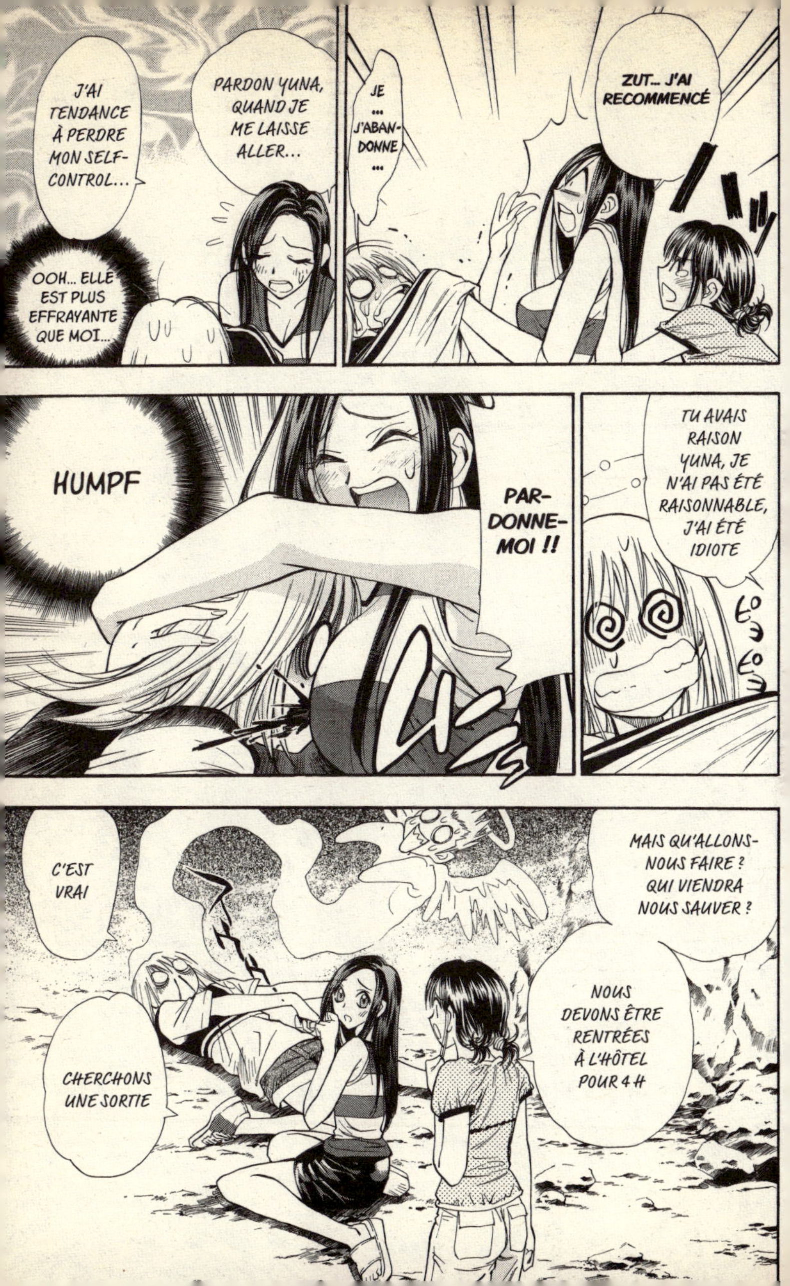
ZUT... J'AI RECOMMENCÉ
JE ... J'ABANDONNE ...
PARDON YUNA, QUAND JE ME LAISSE ALLER...
J'AI TENDANCE À PERDRE MON SELF-CONTROL...
OOH... ELLE EST PLUS EFFRAYANTE QUE MOI...
TU AVAIS RAISON YUNA, JE N'AI PAS ÉTÉ RAISONNABLE, J'AI ÉTÉ IDIOTE
PARDONNE-MOI !!
HUMPF
MAIS QU'ALLONS-NOUS FAIRE ? QUI VIENDRA NOUS SAUVER ?
NOUS DEVONS ÊTRE RENTRÉES À L'HÔTEL POUR 4 H
C'EST VRAI
CHERCHONS UNE SORTIE

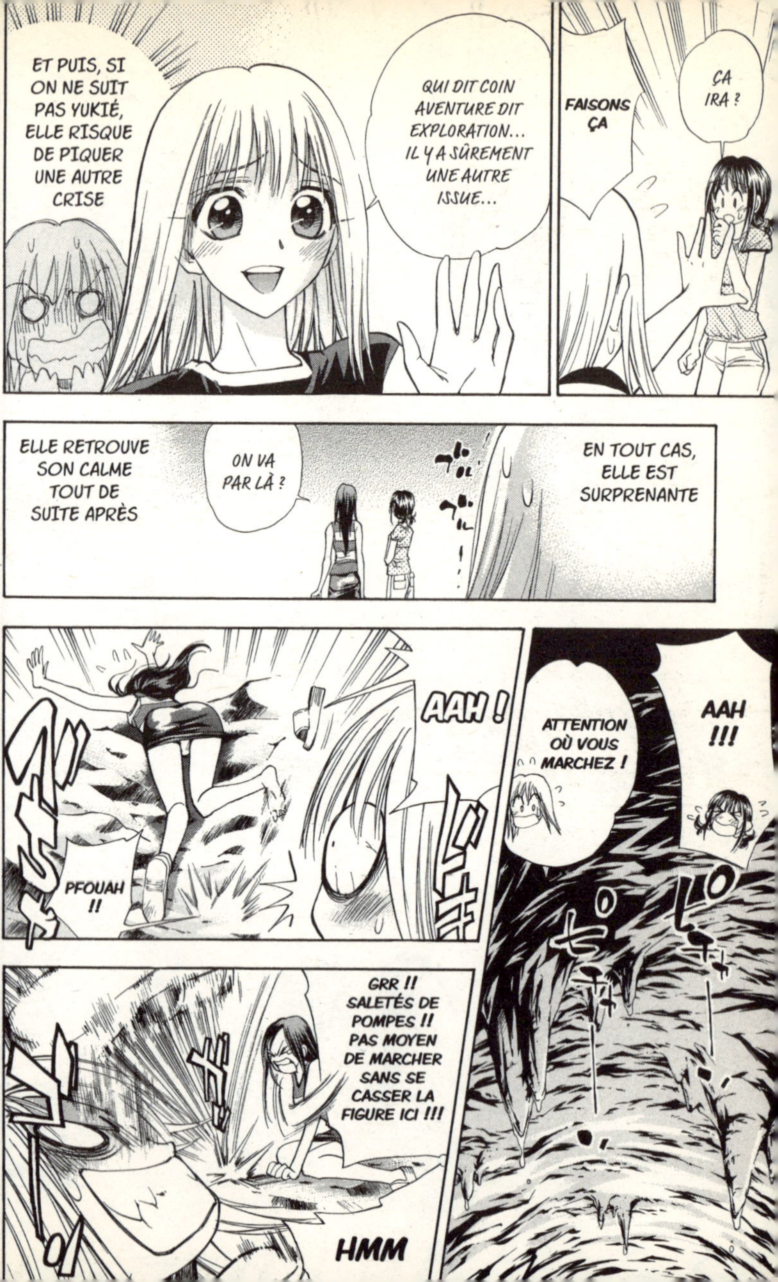

ÇA IRA ?
FAISONS ÇA
QUI DIT COIN AVENTURE DIT EXPLORATION... IL Y A SÛREMENT UNE AUTRE ISSUE...
ET PUIS, SI ON NE SUIT PAS YUKIÉ, ELLE RISQUE DE PIQUER UNE AUTRE CRISE
EN TOUT CAS, ELLE EST SURPRENANTE
ON VA PAR LÀ ?
ELLE RETROUVE SON CALME TOUT DE SUITE APRÈS
AAH !!!
ATTENTION OÙ VOUS MARCHEZ !
AAH !
PFOUAH !!
GRR !! SALETÉS DE POMPES !! PAS MOYEN DE MARCHER SANS SE CASSER LA FIGURE ICI !!!
HMM

DITES, VOUS N'ENTENDEZ PAS CE BRUIT ?
...
MAIS ?
QUELQUE CHOSE BRILLE DANS LE NOIR
C'EST BEAU
MAIS ...
HEIN ?
AAH ! DES CHAUVE-SOURIS !!!

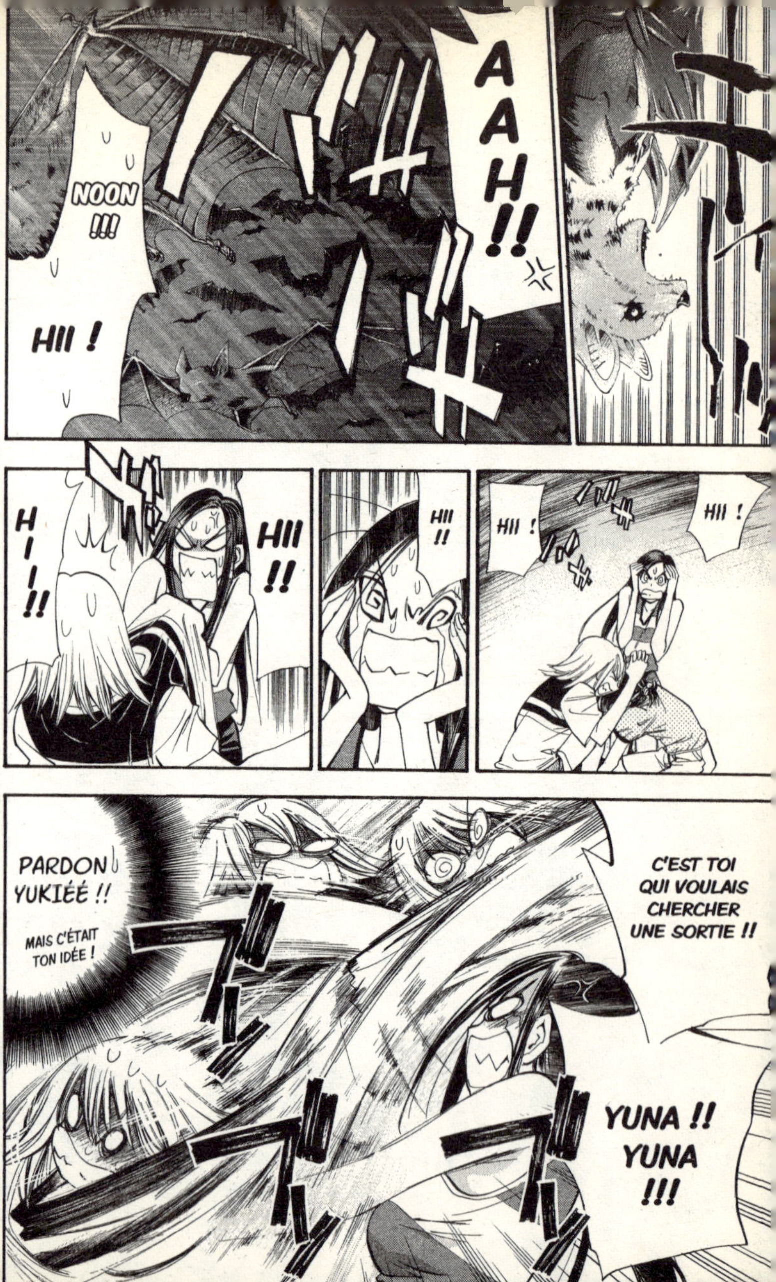

AAAH !!
NOON !!!
HII !
HII !!
H I I I !!
HII !!
HII !
HII !
C'EST TOI QUI VOULAIS CHERCHER UNE SORTIE !!
PARDON YUKIÉÉ !!
MAIS C'ÉTAIT TON IDÉE !
YUNA !! YUNA !!!

AAH ! JE VEUX SORTIR D'ICII !!!
MOI AUSSI... ET AU PLUS VITE !!
TIENS BON YUKIÉ, C'EST L'AFFAIRE DE QUELQUES MINUTES ...
OUIIN. T'ES SÛRE, RINA ?
HM !
VOUS NE SENTEZ PAS L'ODEUR D'UN LAC ?
HEIN ?
C'EST DE CE CÔTÉ
PEUT-ÊTRE LA SORTIE
ALLONS VOIR
HEIN ? UN CUL-DE-SAC ?!
MAIS ON SENT LE VENT QUI SOUFFLE

IL DOIT Y AVOIR UN TROU QUELQUE PART
LE VOILÀ !!
L'AIR VIENT DE LÀ
REGARDEZ
DE LA LUMIÈRE À L'AUTRE BOUT
SUPER
ON EST SAUVÉES
MAIS ON POURRA VRAIMENT PASSER
JE VAIS ESSAYER !!
JE NE PEUX PAS LAISSER FAIRE LES FILLES
ET PUIS, JE VEUX SORTIR LE PLUS VITE POSSIBLE
YUNA !!
LAISSE-MOI FAIRE
MERDE !! C'EST TROP ÉTROIT
JE N'ARRIVE PAS À SORTIR
HOO HIIS-SE !!!

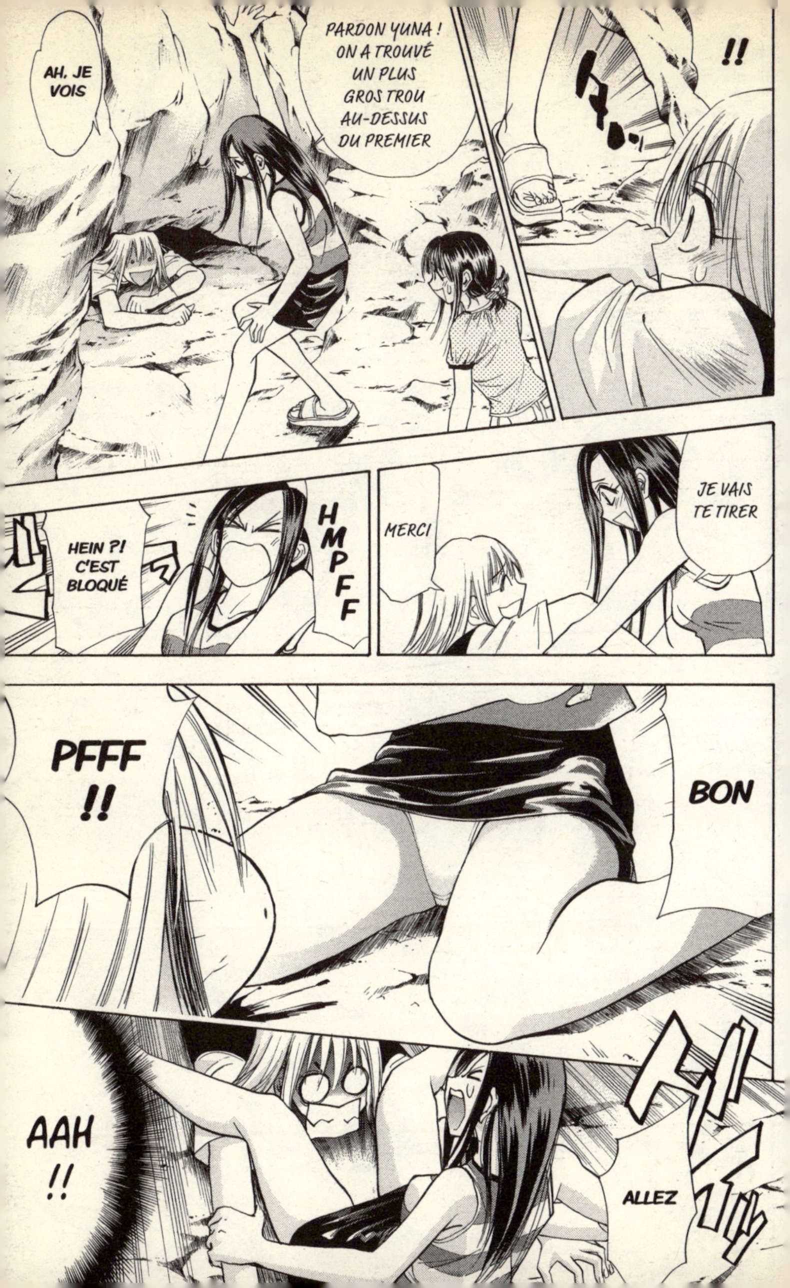
!!
PARDON YUNA ! ON A TROUVÉ UN PLUS GROS TROU AU-DESSUS DU PREMIER
AH, JE VOIS
JE VAIS TE TIRER
MERCI
HMPFF
HEIN ?! C'EST BLOQUÉ
BON
PFFF !!
ALLEZ
AAH !!

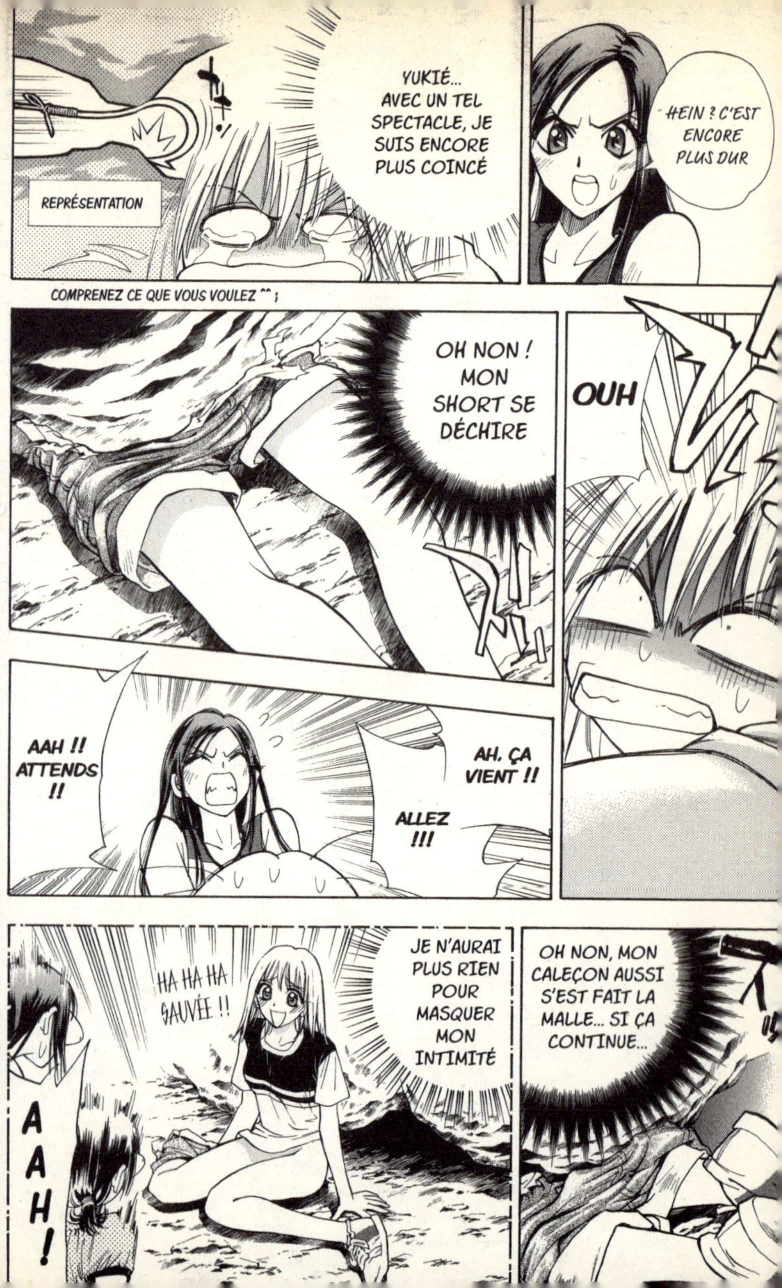
HEIN ? C'EST ENCORE PLUS DUR
YUKIÉ... AVEC UN TEL SPECTACLE, JE SUIS ENCORE PLUS COINCÉ
REPRÉSENTATION
COMPRENEZ CE QUE VOUS VOULEZ ^^ ;
OUH
OH NON ! MON SHORT SE DÉCHIRE
AH, ÇA VIENT !!
ALLEZ !!!
AAH !! ATTENDS !!
OH NON, MON CALEÇON AUSSI S'EST FAIT LA MALLE... SI ÇA CONTINUE...
JE N'AURAI PLUS RIEN POUR MASQUER MON INTIMITÉ
HA HA HA SAUVÉE !!
AAAH !

NON !!
ÇA VIENT
AAH... AAH !!!
C'EST FINI...
HA HA HA HA HA !
OOH, YUNA
... HEIN ?

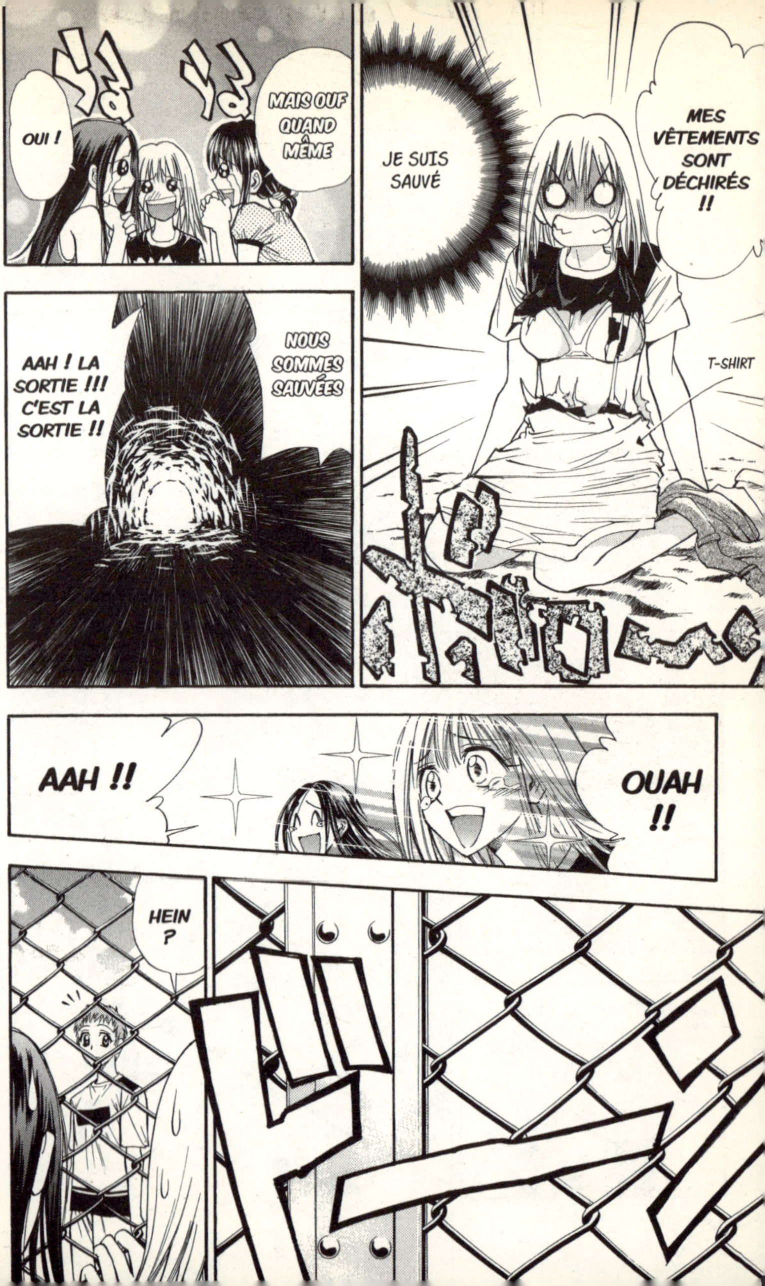

MES VÊTEMENTS SONT DÉCHIRÉS !!
JE SUIS SAUVÉ
T-SHIRT
MAIS OUF QUAND MÊME
OUI !
NOUS SOMMES SAUVÉES
AAH ! LA SORTIE !!! C'EST LA SORTIE !!
OUAH !!
AAH !!
HEIN ?

QU'EST-CE QUE VOUS FICHEZ LÀ ?
POURQUOI Y A-T-IL UNE CLÔTURE ?
ET QU'EST-CE QUE TU FOUS LÀ. KEIKO ?
BEN, C'EST L'HEURE DE RENTRER NON ?
ALORS JE SUIS REVENUE À L'HÔTEL
SALUT !!
SANS DÉC' ?! NOTRE HÔTEL ?!
LE TROU MENAIT JUSQUE-LÀ ?!
HI HI HI ! À VOUS VOIR COMME ÇA, ON SE CROIRAIT AU ZOO ! VOUS VOULEZ DES CACAHUÈTES ?
Y'A PAS DE QUOI RIRE ! APPEL DU SECOURS !!
ARRÊTEZ CETTE FILLE
C'EST AINSI QUE MASASHI ET LES FILLES PURENT ATTRAPER LEUR AVION POUR RENTRER À HOKKAIDO
YUKIÉ EST TERRIBLE

Pretty Face

CHAPITRE 12 LE JOB DE VACANCES

YUNA
TU ES LIBRE AUJOURD'HUI ?
SI ON SORTAIT ?
HEIN ?
ELLE EST DÉJÀ PARTIE ?
KENWOOD
夏のバーゲンセール8階
レストラン街
営業中
アメリカ現代美術展
夏の大セール
8月は9時まで休まず営業します
TU VEUX DU BOULOT POUR LES VACANCES ?
C'EST VRAI QU'ON EMBAUCHE ... MAIS EUH...
BUREAU DU PERSONNEL
C'EST PAS VRAIMENT UN TRAVAIL POUR UNE FILLE

ÇA NE FAIT RIEN
J'AI DE L'ÉNERGIE À REVENDRE
PFF ! DIRE QU'IL FAIT SI BEAU
ET QUE JE ME RETROUVE À DEVOIR BOSSER
TOUT ÇA À CAUSE DE CE MANABÉ
LE PRIX DE TON OPÉRATION ?
BEN OUAIS... UN JOUR IL FAUDRA BIEN QUE TU ME RENDES MON VRAI VISAGE
AUTANT QUE JE COMMENCE À ÉCONOMISER DÈS AUJOURD'HUI
D'ACCORD, CE SERA 50 MILLIONS
QUOI ?!!
JE TE RAPPELLE QUE C'EST TA FAUTE
ÇA DEVRAIT ÊTRE GRATOS

POURQUOI ? TU N'AIMES PAS TA NOUVELLE TÊTE ?
C'EST PAS LE PRO-BLÈME !!
OH QUE SI
EN GÉNÉRAL, LA CHIRURGIE ESTHÉTIQUE NE COÛTE PAS SI CHER…
MAIS PUISQUE TU VEUX M'ENLEVER LE PLAISIR DE REGARDER UN SI JOLI VISAGE…
ALORS IL FAUDRA ME RÉGLER AUSSI LES SOINS DONT JE T'AI FAIT BÉNÉFICIER APRÈS TON ACCIDENT !! SOIT 48 MILLIONS !!
C'EST COMME ÇA !!
HEIN ?!
QUOI ?!
DIRE QUE NOTRE RÊVE DE FAIRE DE TOI UNE FEMME ÉTAIT PRESQUE RÉALISÉ !!
COMMENT ÇA "NOTRE" RÊVE ?!
ENFIN, IL Y AURAIT BIEN UN MOYEN…
AH OUAIS ?!

TU N'AS QU'À SIGNER ÇA !
UN CONTRAT DE COBAYE ?!!
CONTRAT
JE SOUSSIGNÉ ________ AUTORISE LE DOCTEUR MANABÉ À UTILISER MON CORPS COMME IL LE DÉSIRE
SIGNATURE ________
JE NE SIGNERAI JAMAIS ÇA
LA BALLE EST DANS TON CAMP, MASASHI
TU NE PEUX RIEN FAIRE SANS MOI !!
MERDE ! PAS QUESTION QUE JE DEVIENNE SON JOUJOU
C'EST PAS LE PIED CES JOBS D'ÉTÉ MAIS J'AI BESOIN D'ARGENT
LE TRAVAIL EST PÉNIBLE À CETTE PÉRIODE
SINON, LE BOULOT EN LUI-MÊME EST SIMPLE, IL SUFFIT D'AMUSER LES GOSSES SUR LA TERRASSE

ET TÂCHE DE BIEN TE CONDUIRE HEIN ! TU REPRÉSENTES UN PERSONNAGE CÉLÈBRE
OUH !! MAIS ?!
MAMAN !!
REGAR-DE !!
DÉSOLÉ POUR LA FORME SUGGESTIVE ^^
C'EST "MIMI LE LAPINOU" DE LA SÉRIE "GRAND FRÈRE ET MOI" !!

IL EST GENTIL, IL TE DONNE UN BALLON
OH OUII !
IL PARAÎT QU'ON BAT DES RECORDS CETTE ANNÉE
AH, QUELLE CHALEUR
AAH... JE CUIT
J'AI L'IMPRESSION DE FONDRE SUR PLACE
TEMPÉRATURE INTÉRIEURE : 45°C
J'AI CHOISI CE BOULOT PARCE QUE C'ÉTAIT BIEN PAYÉ MAIS JE ME SUIS PEUT-ÊTRE PLANTÉ...
JE L'AURAI MÉRITÉ, MON POGNON
OUAAH ! C'EST LAPINOU !!
LAPINOU !!!
OUAAH ! EN PLUS, AVEC TOUS CES GAMINS, JE N'AI PLUS D'AIR
C'EST PIRE QUE CE QUE JE CROYAIS... JE VAIS FINIR ÉTOUFFÉ

QU'EST-CE QUE T'AS LE LAPIN ?!
TU NE PEUX PAS DIRE "PARDON" ?!
ZUT ! KINOSHITA
TAMURA ENDO
C'EST LA CHALEUR QUI TE REND AVEUGLE ?!
QU'EST-CE QU'ILS FICHENT ICI ?!
TU NE PEUX PAS REGARDER OÙ TU VAS ?!
HEIN ? DE QUOI ?
ALLEZ-VOUS-EN
NE PEUT PAS PARLE
PARLE, JE COMPRENDS RIEN !!
ARGH

HA HA HA HA
GRRR... VOUS...
VOUS ALLEZ ME LE PAY...
APINOU !!
MIMI LE LAPINOU EST TRÈS POPULAIRE PARMI LES ENFANTS
FAIS QUELQUE CHOSE CONTRAIRE À SON IMAGE ET TU ES VIRÉE SUR-LE-CHAMP !
OH ? TU VEUX TE BATTRE ?!
HA HA HA HA ! TU ES PRÉSOMPTUEUX LAPIN !!
JE VOUS TUERAI POUR ÇA
PFOUAH !!

ARRÊTEZ TOUT DE SUITE
ZUT !
KEIKO ET MIDORI ?!
VOUS N'AVEZ PAS HONTE ?!
KEIKO
OUAIS OUAIS
POUR QUI VOUS PRENEZ-VOUS ?!
HÉ... C'EST PAS LES DEUX FILLES QUI TRAÎNENT AVEC YUNA ?!
MINCE
VOUS ÊTES DES COPINES DE YUNA ?!
AÏE
ON FAIT RIEN DE MAL. ON S'AMUSE JUSTE AVEC LE LAPIN
TOUT VA BIEN, LAPI-

IMBÉCILES !! MIMI LE LAPINOU EST L'IDOLE DES ENFANTS
DEMANDEZ-LUI PARDON
OUAIS OUAIS
QUOI ?
DEMANDER PARDON ? NOUS ?
À CE TRUC DÉBILE
N'OUBLIEZ PAS QUE CE SONT DES COPINES DE YUNA
SALUT !
MÊME TÊTE
SI ELLES UI RACON- TENT TOUT, CE SERA NOTRE FÊTE...
SALUT !
NOUS
NOUS SOMMES DÉSOLÉS !
OUAIS ! SUPER !! BRAVO MIMI LE LAPINOU !!!
QUELLE BANDE D'IDIOTS... ILS SONT RIDICULES...
PAR-TONS
BON, JE VEUX BIEN PASSER L'ÉPONGE ...
OH ! LAPINOU !!

AAH...
T'AS SALI MON FROC
TU ME CHERCHES
HII ...
OUAAH
QU'EST-CE QUE T'AS FAIT SALE GOSSE
ATTENDEZ ! CE N'EST QU'UN ENFANT
IL NE L'A PAS FAIT EXPRÈS
OCCUPE-TOI DE TES FESSES
HÉ ?!

LAISSE TOMBER...
HEIN ?
ON SE CHARGE DE CE PLOUC
SI ON EST SAGES DEVANT LA COPINE DE YUNA, ELLE AURA PEUT-ÊTRE UNE MEILLEURE IMAGE DE NOUS
OUAIS... ET PUIS IL EST TOUT SEUL LE GARS... C'EST DU GÂTEAU
CASSE-TOI SANS DEMANDER TON RESTE
SINON ON S'OCCUPE DE TON CAS, PIGÉ ?
HÉ GEN, QU'EST-CE QUI SE PASSE ?
HEIN ?
Y'A UN PROBLÈME ?
J'SAIS PAS...

SI T'AS BESOIN D'UN COUP DE MAIN, ON EST LÀ
C'EST QUI CES GARS
'PARAÎT QU'ILS VONT S'OCCUPER DE MON CAS
EUH NON. EN FAIT... JE VOULAIS DIRE QUE... EUH...
A— AH
ALLEZ ALLEZ
QUELLE BANDE DE CRÉTINS
ALLEZ ! FAIS PAS TON TIMIDE HA HA HA HA
ÇA IRA ?
CE SONT DES AMIS DE YUNA, NON ?

...
ON DEVRAIT APPELER LA SÉCURITÉ
MOI JE VAIS VOIR COMMENT ILS S'EN SORTENT
LEURS ADVERSAIRES ÉTAIENT NOMBREUX
LAPINOU
JE CRAINS LE PIRE...
AAH
HÉ HÉ HÉ HÉ
QUELS CONS
VOILÀ, JE M'EN DOUTAIS
HIHIHI
HAHAHA

BON, QU'EST-CE QU'ON FAIT D'EUX ?
BEN
ON N'A QU'À LES METTRE À POIL
ON VA LEUR FOUTRE LA HONTE
GRR
T'EN VEUX ENCORE ?!
AAH
HM
QUOI ?
ARRÊTEZ
HEIIN ?!
ÇA !!?
OU VOUS GOÛTEREZ AUX POINGS DU LAPINOU JUSTICIER !
HA HA HA ! QU'EST-CE QU'IL RACONTE
HÉ, VISEZ-MOI...

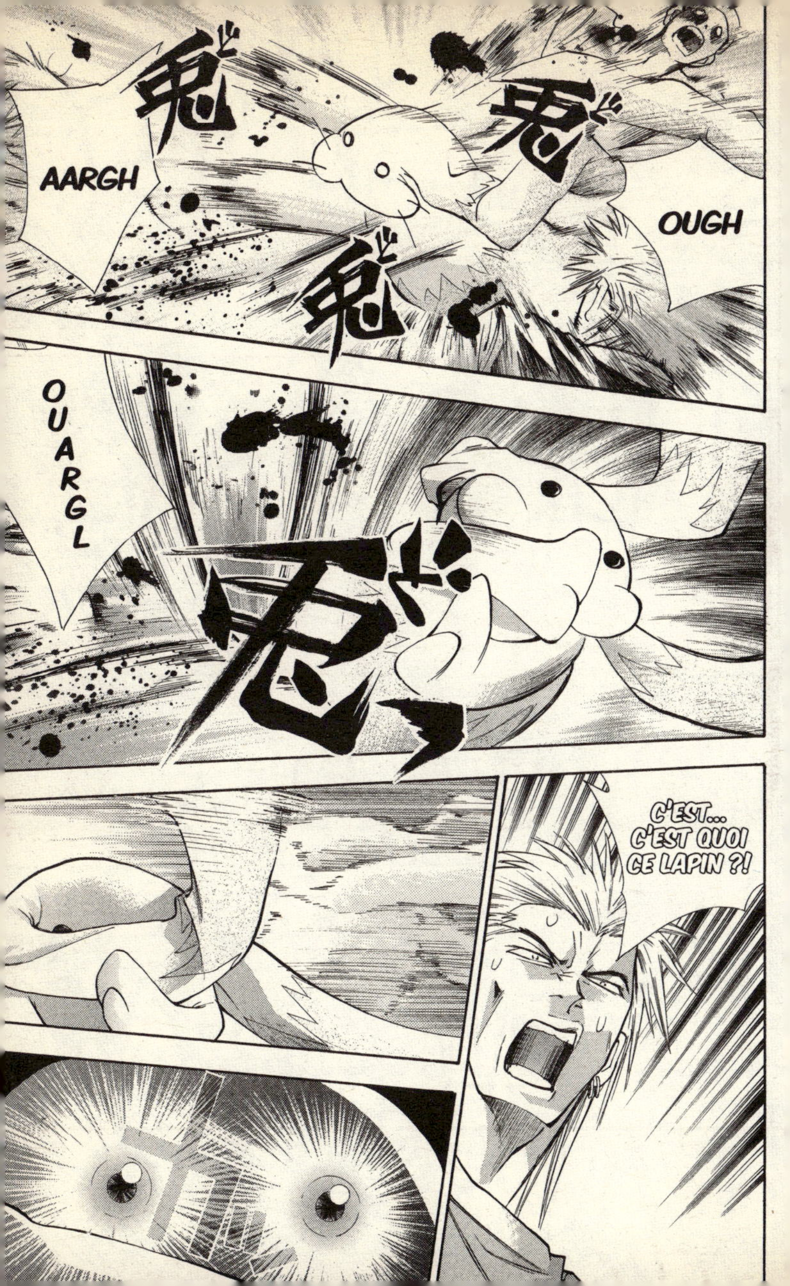

兎
兎
AARGH
OUGH
兎
OUARGL
兎
C'EST... C'EST QUOI CE LAPIN ?!

GROS LA-PAIN DANS LA GUEULE !!
!!?
PAR ICI
LA... LAPINOU

CETTE FOIS, JE VOUS AI SAUVÉ LA VIE... VOUS POUVEZ ME REMERCIER
GÉNIAL
T'ES GÉNIAL
BRAVO LE LAPIN
MERCI
HII ...
YUNA ?!
VOUS VOULEZ MOURIR JEUNES ?!
A-AH
TON SALAIRE ?
ALORS QUE TU T'ES BATTU AVEC DES VOYOUS ?
T'ES VRAIMENT UNE FILLE ?
C'EST TOI QUI VAS DEVOIR ME PAYER POUR LA RÉPARATION DU COSTUME DE LAPINOU
TOUT ÇA C'EST LEUR FAUTE

Pretty Face

CHAPITRE 13 JE VAIS TE SOIGNER

OH BON SANG
À TOUS LES COUPS J'AI LA GRIPPE
JE METS LA CLIM' TROP BASSE QUAND JE DORS…
QU'EST-CE QUE JE ME SENS MAAL…
MAIS QU'EST-CE QUE J'AI FAAIM…
OH, BONJOUR
ÇA NE VA PAS ?
TU AS LA GRIPPE ?!
OUAIS
ET MAMAN ? ELLE A FAIT LE PETIT DÉJ' ?
NON

NON ?
TU SAIS BIEN QUE LES PARENTS SONT PARTIS POUR DEUX JOURS
DEPUIS CE MATIN
PARTIS ? AH OUAIS, JE ME SOUVIENS...
ÇA FAIT LONGTEMPS QU'ON N'EST PAS PARTIS EN AMOUREUX
ÇA TE DIT CHÉRIE ?
C'EST QUOI CE SOURIRE PERVERS SUR TON VISAGE ?
YUNA, SI TU AS LA GRIPPE, TU AS BESOIN DE REPOS
MAIS J'AI TRÈS FAIM ET...
JE VAIS TE PRÉPARER QUELQUE CHOSE
FAIS-MOI CONFIANCE ♡
RINA VA... S'OCCUPER DE MOI ?

MAIS J'Y PENSE, JE VAIS ÊTRE SEUL AVEC RINA PENDANT DEUX JOURS !!
SEUL AVEC ELLE... SOUS LE MÊME TOIT...
C'EST LA PREMIÈRE FOIS QUE JE VAIS GOÛTER À LA CUISINE DE RINA...
ÇA VALAIT LE COUP D'ATTRAPER LA GRIPPE
AH AH... INUTILE DE SE FAIRE DES IDÉES...
ÇA NE CHANGERA PAS BEAUCOUP DE D'HABITUDE
VOILÀ LE REPAS
BON APPÉTIT
OH... ON DIRAIT UNE FEMME AU FOYER AVEC CE TABLIER ...
ALLONS... DU CALME

BON, PAR ICI LA BONNE SOUPE
JE SUIS TOUT ÉMU
ATTENDS
JE VAIS T'AIDER À MANGER
FAIS "AAH" ♥
RINA EST SI... SERVIABLE...
AGH !
BEURK

QUEL EST CE GOÛT VENU D'AILLEURS ?!
ALORS ? C'EST BON ?
EUH... HUM... COMMENT DIRE...
AH... C'EST BEAUCOUP TROP SUCRÉ ! C'EST DÉGUEU-LASSE !!
EUH... J'AVAIS MIS TROP DE SEL ALORS J'AI MIS UN PEU DE SUCRE POUR COMPENSER
ÇA DOIT AVOIR UN DRÔLE DE GOÛT...
EST-IL POSSIBLE QUE RINA...
SOIT NULLE... EN CUISINE ?
QUE FAIRE ? ELLE A PRÉPARÉ ÇA POUR MOI
ELLE SERA CHOQUÉE SI JE NE LE MANGE PAS
FAIS "AAH" ♡
A-AH
BEURK
ENCORE UNE CUILLÈRE, ALLEZ "AAH"

C'ÉTAIT BON ?
EUH... HORRIBLEMENT BON !
LA PROCHAINE FOIS, GOÛTE TA CUISINE AVANT, RINA
完食!
TANT MIEUX SI ÇA TE PLAÎT, IL EN RESTE ENCORE PLEIN
ÇA TE FERA À MANGER POUR CE MIDI ET CE SOIR
IL Y EN A ENCORE ?!
SI TU VEUX QUELQUE CHOSE, TU N'AS QU'À DEMANDER ♡
JE FERAI DE MON MIEUX POUR TOI
ÇA IRA, CE N'EST QU'UNE PETITE GRIPPE
JE N'EN AI PAS POUR LONGTEMPS
VOYONS
!!!
ON DIRAIT QUE TU AS DE LA FIÈVRE
ET TU RESPIRES FORT AUSSI
IL VAUT MIEUX PRENDRE TA TEMPÉRATURE

JE VAIS LE METTRE
SOUS TON BRAS
OH NON !! JE ME SENTAIS SI MAL AUJOURD'HUI QUE JE N'AI PAS MIS MES FAUX SEINS
N... NON !!
JE VAIS LE FAIRE !! N'APPROCHE PAS !!
...
P... PARDON
TU TE DÉBROUILLES TRÈS BIEN
C'EST JUSTE QUE SI TU T'APPROCHES, TU VAS AUSSI ATTRAPER LA GRIPPE !
AH...
NE T'EN FAIS PAS POUR ÇA
JE FAIS DES BÊTISES DEPUIS TOUT À L'HEURE, HEIN ?
N... NON !! CE N'EST PAS ÇA !!
ET ÇA ME FAIT TELLEMENT PLAISIR QUE J'EN PLEURE, TU VOIS ?
TU COMPRENDS ?!
BON, JE REDESCENDS

MAIS TU SAIS...
CE N'EST PAS GRAVE SI JE TOMBE MALADE, YUNA
HUM... RINA EST VRAIMENT GENTILLE, TENDRE ET MIGNONNE
J'AI PLUTÔT INTÉRÊT À GUÉRIR VITE ! SINON, QUI SAIT DE QUOI ELLE EST ENCORE CAPABLE
OH !
AÏE ! PAS LE MOMENT DE S'ATTENDRIR
CLINIQUE

UN REMÈDE POUR LA GRIPPE ?
HA HA HA HA IDIOT
SI JE SAVAIS PRÉPARER ÇA, J'AURAIS LE PRIX NOBEL
IL S'EST ENFUI
LA GRIPPE EST UNE INFECTION DU SYSTÈME RESPIRATOIRE CAUSÉE PAR UN VIRUS ! UNE FOIS QUE TU AS ÉTÉ INFECTÉ, TON CORPS EST IMMUNISÉ À VIE CONTRE CE VIRUS ET TU N'ATTRAPERAS PLUS JAMAIS LA GRIPPE PAR CE BIAIS
MAIS IL EXISTE TANT DE VIRUS DIFFÉRENTS ! EN GÉNÉRAL, UNE PERSONNE EST INFECTÉE ENVIRON DEUX FOIS PAR AN, SOIT PRÈS DE 120 VIRUS DIFFÉRENTS EN UNE VIE ENTIÈRE
うだ うだ
LA FERME ! FAIS-MOI UNE PIQÛRE OU CE QUE TU VEUX !!
JE M'EN FOUS DE TOUT ÇA
LA MEILLEURE FAÇON DE GUÉRIR, C'EST DE DORMIR ET DE MANGER ÉQUILIBRÉ
JE VAIS TE DONNER QUELQUE CHOSE
MAIS TU DEVRAIS TE RÉJOUIR QUE RINA PRENNE SOIN DE TOI, NON ?
BEN, FAUT CROIRE QUE JE SUIS PAS EN ÉTAT

SI TU VEUX, JE PEUX TE RENDRE ENCORE PLUS MALADE
TOUT CE QUE J'AI À FAIRE, C'EST DE BAISSER TON NIVEAU D'IMMUNISATION. COMME ÇA RINA CONTINUERA À S'OCCUPER DE TOI
T'ES VRAIMENT MÉDECIN ?! C'EST QUOI CES IDÉES ?!
BON, J'AI EU MA PIQÛRE, JE DEVRAIS ALLER MIEUX TRÈS VITE
YUNA !!!
!!
RINA...
TU ES SORTIE DANS TON ÉTAT ?!!
JE M'IN-QUIÉTAIS POUR TOI !!
EUH... IL FALLAIT ABSOLUMENT QUE J'ENVOIE UNE LETTRE AUJOURD'HUI ...
EUH ...

VA TE COUCHER TOUT DE SUITE !!!
AAH ! MAIS...
NE SORS PLUS DE TON LIT SANS PRÉVENIR. COMPRIS ?!
REPOSE-TOI SINON TU NE GUÉRIRAS PAS !!
MAIS ...
JE PEUX MARCHER MAINTENANT, TU VOIS...
J'AI DIT NON !!
ÉCOUTE, JE VEUX QUE TU GUÉRISSES !
SI TU AS BESOIN DE QUELQUE CHOSE, DEMANDE-MOI
TU DOIS RESTER AU LIT
BON ...
ON DIRAIT QUE J'AI RÉVEILLÉ LA MÈRE POULE QUI SOMMEILLAIT EN ELLE...
BIEN ...

TIENS, VOILÀ UN REMÈDE DE GRAND-MÈRE ! DU SAKÉ AVEC UN ŒUF CRU !
COMME IL N'Y AVAIT PAS DE SAKÉ, J'AI UTILISÉ UNE BIÈRE DE PAPA !
ET J'AI AJOUTÉ D'AUTRES INGRÉDIENTS
BEURK ! C'EST DÈG'
JE T'AI PRÉPARÉ DE LA GLACE !
SI AVEC ÇA, TA FIÈVRE NE TOMBE PAS ♡
HII... JE SUIS GELÉ ...
SI TU VEUX AUTRE CHOSE...
AH, J'AI UNE IDÉE !!
ÇA ME FAIT PLAISIR MAIS... J'EN AI ASSEZ...
JE ME SENS DE PLUS EN PLUS MAL DEPUIS TOUT À L'HEURE
MANABÉ NE M'AURAIT QUAND MÊME PAS DONNÉ SON PRODUIT POUR BAISSER MON NIVEAU D'IMMUNISATION
MASASHI ?
AH, LA PIQÛRE ?
IL S'AGISSAIT D'ANTI-INFLAMMATOIRES... MAIS ILS PRODUISENT AUSSI UN ÉTAT DE SOMNOLENCE ...
DES SOMNIFÈRES EN GROS ?

JE T'AI DIT QUE LE MEILLEUR REMÈDE C'ÉTAIT LE SOMMEIL !
LE PRODUIT DOIT COMMENCER À FAIRE EFFET... COUCHE-TOI... À TON RÉVEIL, TA GRIPPE SERA PARTIE !
BON, D'ACCORD...
OUUH ...
C'EST POUR ÇA QUE JE ME SENS SI VASEUX ? JE N'AI JAMAIS EU AUTANT ENVIE DE DORMIR
BON, JE VAIS FAIRE UNE SIESTE ALORS
NON ! UNE SECONDE !! EST-CE QUE C'EST PRUDENT DE DORMIR ALORS QUE RINA VEILLE SUR MOI ?
IL POURRAIT ARRIVER N'IMPORTE QUOI PENDANT QUE JE DORS...
YUNA !!
TU NE VAS PAS PRENDRE DE DOUCHE AUJOUR-D'HUI, HEIN ?!
JE VAIS TE LAVER POUR QUE TU TE SENTES MIEUX !
C'EST CE QUE JE CRAIGNAIS !!

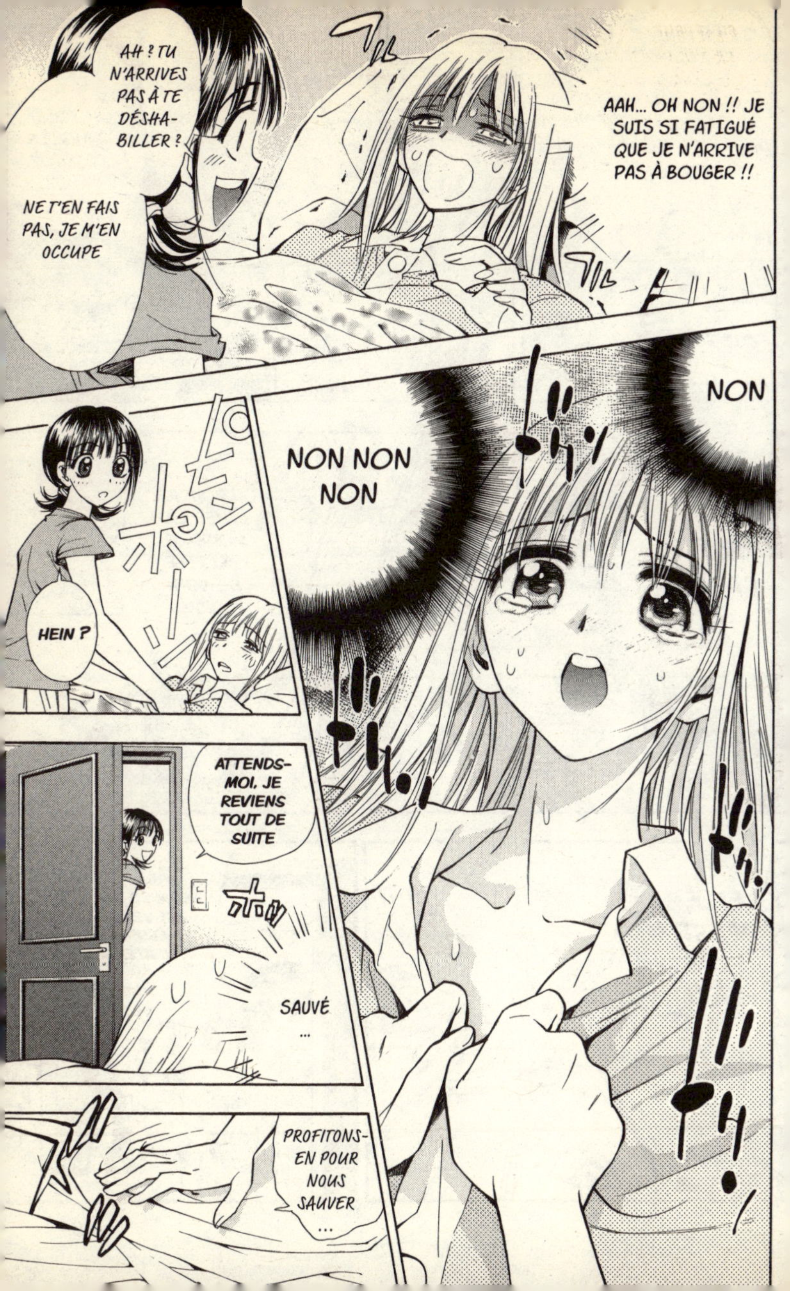
AAH... OH NON !! JE SUIS SI FATIGUÉ QUE JE N'ARRIVE PAS À BOUGER !!
AH ? TU N'ARRIVES PAS À TE DÉSHA-BILLER ?
NE T'EN FAIS PAS, JE M'EN OCCUPE
NON
NON NON NON
HEIN ?
ATTENDS-MOI. JE REVIENS TOUT DE SUITE
SAUVÉ ...
PROFITONS-EN POUR NOUS SAUVER ...

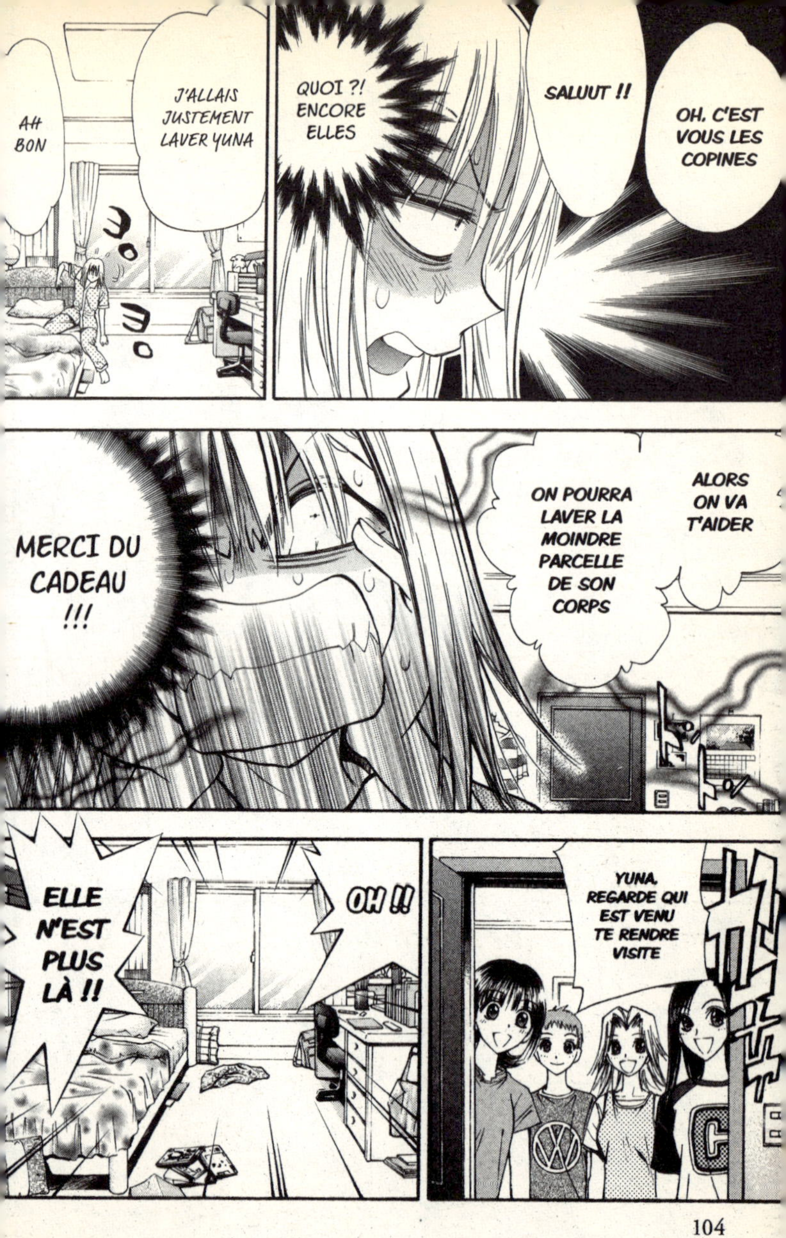
OH, C'EST VOUS LES COPINES
SALUUT !!
QUOI ?! ENCORE ELLES
J'ALLAIS JUSTEMENT LAVER YUNA
AH BON
ALORS ON VA T'AIDER
ON POURRA LAVER LA MOINDRE PARCELLE DE SON CORPS
MERCI DU CADEAU !!!
YUNA, REGARDE QUI EST VENU TE RENDRE VISITE
OH !!
ELLE N'EST PLUS LÀ !!

OÙ EST-ELLE PASSÉE
PAS FACILE DE DESCENDRE DANS MON ÉTAT...
OOUH
HII !
AÏE !!
MÊME LA DOULEUR NE PARVIENT PAS À ME RÉVEILLER
CE FICHU MANABÉ M'A DONNÉ UN TRUC PUISSANT
SI JE M'ENDORS MAINTENANT, C'EST COMME SI JE DÉVOILAIS MON IDENTITÉ
JE DOIS TROUVER UN TRUC BIEN PÉNIBLE POUR ME SECOUER

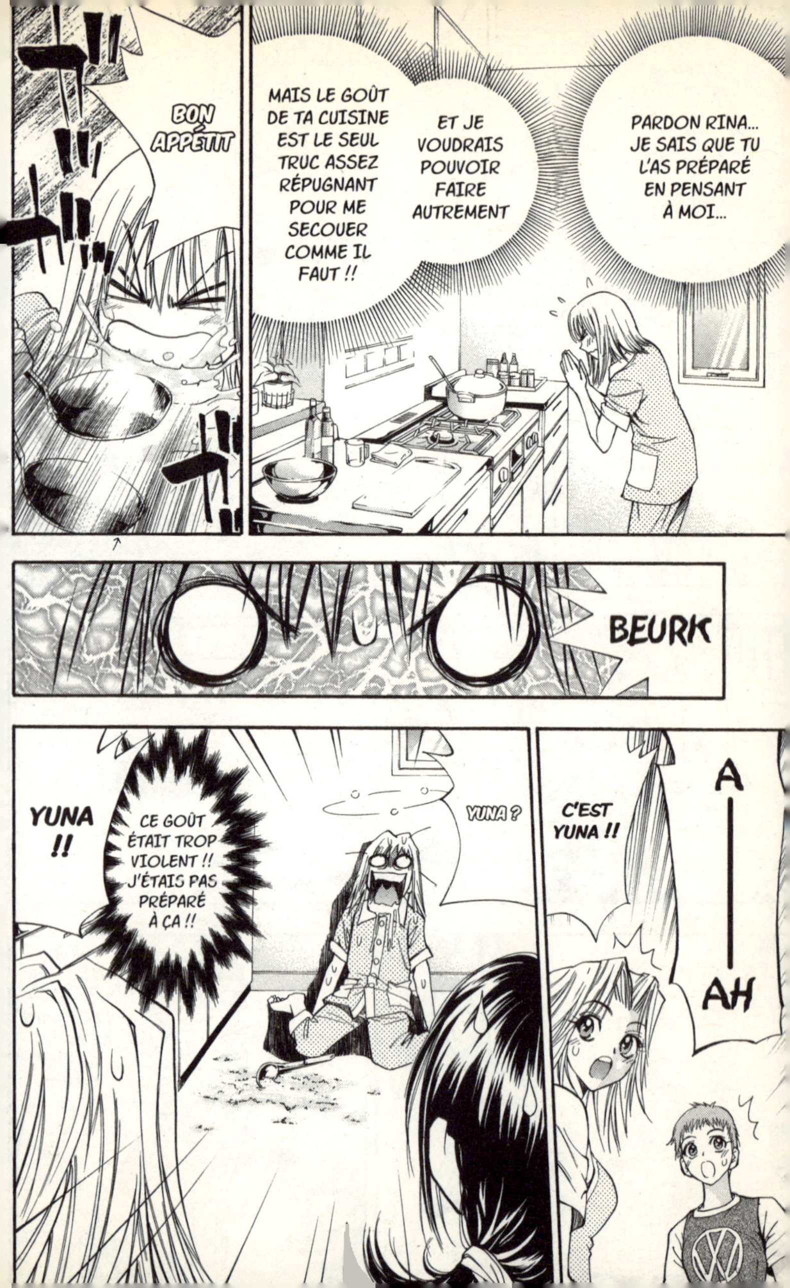
PARDON RINA... JE SAIS QUE TU L'AS PRÉPARÉ EN PENSANT À MOI...
ET JE VOUDRAIS POUVOIR FAIRE AUTREMENT
MAIS LE GOÛT DE TA CUISINE EST LE SEUL TRUC ASSEZ RÉPUGNANT POUR ME SECOUER COMME IL FAUT !!
BON APPÉTIT
BEURK
A — AH
C'EST YUNA !!
YUNA ?
CE GOÛT ÉTAIT TROP VIOLENT !! J'ÉTAIS PAS PRÉPARÉ À ÇA !!
YUNA !!

OUH... C'EST QUOI CETTE ODEUR ?!
C'EST ÇA !?
C'EST LE BOUILLON QUE J'AI PRÉPARÉ CE MATIN POUR YUNA...
QU'EST-CE QUE TU AS MIS LÀ-DEDANS, RINA ?!
POUR L'AIDER À GUÉRIR PLUS VITE, J'AI AJOUTÉ DES BOISSONS ÉNERGÉTIQUES ET DES NUTRIMENTS DIVERS !!
OUH, C'EST SÛR QU'AVEC CETTE HORREUR, J'SUIS RÉVEILLÉ !
ÇA NE VA PAS ! APPELONS UNE AMBULANCE !!
N... NON !!!
SI ON M'EMMÈNE À L'HÔPITAL, JE SERAI DÉMASQUÉE
CLINIQ
OUI, JE SUIS DE GARDE AUJOURD'HUI
T'AS DE LA CHANCE DANS TON MALHEUR
MASASHI RÉALISA CE JOUR-LÀ COMBIEN IL ÉTAIT IMPORTANT DE PRENDRE SOIN DE SA SANTÉ

Pretty Face

CHAPITRE 14
HAMKICHI, VIENS ICI !

C'EST BIENTÔT LA FIN DE L'ÉTÉ
BONJOUR
SALUT ...
AH, VOUS ÊTES VENUES
ON VOUS ATTENDAIT
PARDON DU DÉRANGEMENT, YUNA A UNE TONNE DE DEVOIRS À FAIRE...
T'INQUIÈTE ! NOUS AUSSI IL NOUS EN RESTE PLEIN
MERCI DE VOTRE AIDE ...
À NOUS TOUTES, ON AURA FINI EN UN TOUR DE MAIN
ELLES SE SONT DONNÉES RENDEZ-VOUS CHEZ KEIKO
ASSEYEZ-VOUS OÙ VOUS VOULEZ
OUII

LA CHAMBRE DE KEIKO EST REMPLIE DE PELUCHES...
OH... COMME ON POUVAIT S'Y ATTENDRE ...
HEIN ? TU N'EN AS MÊME PAS FAIT LA MOITIÉ ?
HA HA HA, COMME TU VOIS
IL FAUT DIRE QU'ENTRE LA GRIPPE ET SON TRAVAIL...
AU FAIT, TU N'AS PAS FINI NON PLUS, RINA ?
OH SI, J'AI TOUT TERMINÉ
JE L'AC-COMPAGNE SEULEMENT
T'AS FINI ?! MAIS ALORS À QUOI ÇA SERT DE NOUS FAIRE TRAVAILLER ?! DONNE-NOUS LES RÉPONSES !!
NAN !!
LES DEVOIRS NE SERVIRONT À RIEN SI VOUS NE LES FAITES PAS VOUS-MÊMES
PFFF... QUELLE PLAIE
DITES... OÙ EST YUKIÉ ?
ELLE A TERMINÉ SES DEVOIRS
ELLE TRA-VAILLE AU RES-TAURANT AUJOUR-D'HUI
IENVENUE !

HMM ...
C'EST PEUT-ÊTRE PARCE QUE JE N'EN AI PAS L'HABITUDE... MAIS J'EN AI DÉJÀ MARRE !
C'EST JUSTE QUE TU DÉTESTES ÉTUDIER
ARGH !
AAH ! J'ABANDONNE
MAIS ÇA NE FAIT QU'UNE DEMI-HEURE QUE VOUS TRAVAILLEZ ...
C'EST MOI OÙ IL FAIT VRAIMENT CHAUD ?
C'EST VRAI, MOI AUSSI JE ME SENS VASEUSE
HEIN ? POURTANT J'AI RÉGLÉ L'AIR CONDITIONNÉ SUR "TRÈS FORT"
OH

HEIN ?! IL NE S'ALLUME PAS ?!
POURQUOI ?
TIENS, C'EST VRAI, L'AMPOULE NON PLUS N'EST PAS ALLUMÉE
C'EST VRAI
LA TÉLÉ NON PLUS
power
Y'A UNE COUPURE DE COURANT ?!
HEIN ?! PAR CETTE CHALEUR ?! ON VA FONDRE SUR PLACE
TU M'ÉTONNES QUE JE SOIS EN NAGE
ATTENDEZ, JE VAIS CHERCHER DES JUS DE FRUITS
MERCI
IL FAIT VRAIMENT TROP CHAUD
ON NE PEUT PAS TRAVAILLER

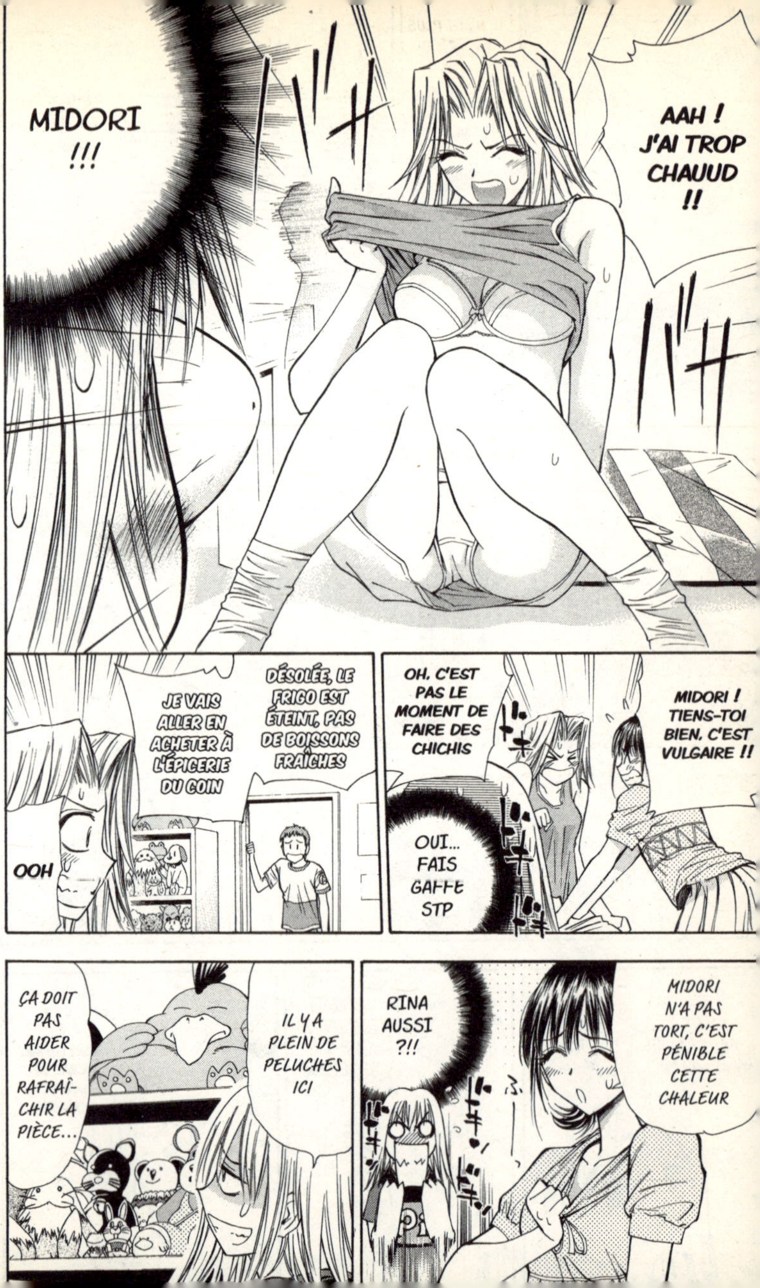
AAH ! J'AI TROP CHAUUD !!
MIDORI !!!
MIDORI ! TIENS-TOI BIEN. C'EST VULGAIRE !!
OH. C'EST PAS LE MOMENT DE FAIRE DES CHICHIS
OUI... FAIS GAFFE STP
DÉSOLÉE, LE FRIGO EST ÉTEINT, PAS DE BOISSONS FRAÎCHES
JE VAIS ALLER EN ACHETER À L'ÉPICERIE DU COIN
OOH
MIDORI N'A PAS TORT, C'EST PÉNIBLE CETTE CHALEUR
RINA AUSSI ?!!
IL Y A PLEIN DE PELUCHES ICI
ÇA DOIT PAS AIDER POUR RAFRAÎCHIR LA PIÈCE...

CHERCHONS UN ENDROIT PLUS FRAIS
ELLE VA PAS SE FÂCHER SI ON SE PROMÈNE DANS SA MAISON ?
C'EST UN CAS D'URGENCE, ELLE COMPRENDRA
IL N'EST PLUS QUESTION DE TRAVAILLER MAINTENANT ...
ALLONS VOIR EN BAS, IL DEVRAIT FAIRE MEILLEUR
C'EST VRAI
QUE DITES-VOUS DE CETTE PIÈCE ? ELLE EST À L'OPPOSÉ DU SOLEIL
OUI, ENTRONS VOIR
AAH !!
C'EST QUOI CETTE PIÈCE ?!!

TOUTES CES PELUCHES ET CES STATUES...
ON EST DANS LA PIÈCE OÙ ELLE RANGE SA COLLECTION
ELLE DIT TOUJOURS QU'ELLE AIMERAIT AVOIR PLEIN D'ANIMAUX MAIS QUE ÇA DEMAN-DERAIT TROP DE TRAVAIL
À LA PLACE, ELLE A AMASSÉ TOUS CES TRUCS
ÉPATANT...
TIENS ? C'EST HAMKICHI
HAM-KICHI ?
LE HAMSTER DE KEIKO
AH OUI... CELUI DONT ELLE IGNO-RAIT LE SEXE...
AH AH AH, IL EST DEVENU BIEN GROS
IL DORT
FAIS ATTENTION À CE QU'IL NE SORTE PAS
NE T'INQUIÈTE PAS, LA CAGE EST FERMÉE
PARCE QUE JE NE SUIS PAS TRÈS À L'AISE AVEC LES ANIMAUX...
MAIS VOUS N'AVEZ PAS CHAUD DANS CETTE AUTRE PIÈCE REMPLIE DE PELUCHES
RIEN QU'À LES REGARDER, JE SUIS EN NAGE...

OUAF !!
AAH !!
C'EST UN VRAI ?!
AH !!
OH NON !! HAMKICHI S'EST ENFUI !!
C'EST PARCE QUE TU M'AS POUSSÉE YUNA
MAIS NON... C'EST LE CHIEN

AH ! IL ESSAIE DE SE SAUVER !!
QU'EST-CE QU'ON FAIT ?! KEIKO NOUS EN VOUDRA À MORT À SON RETOUR !!
IL FAUT RETROUVER HAMKICHI
HAMKI-CHII ?
OÙ ES-TU ?
OH NON... TOUT EST DE MA FAUTE
IL FAUT LE RETROUVER AU PLUS VITE
AH !! LE VOILÀ
HEIN ?

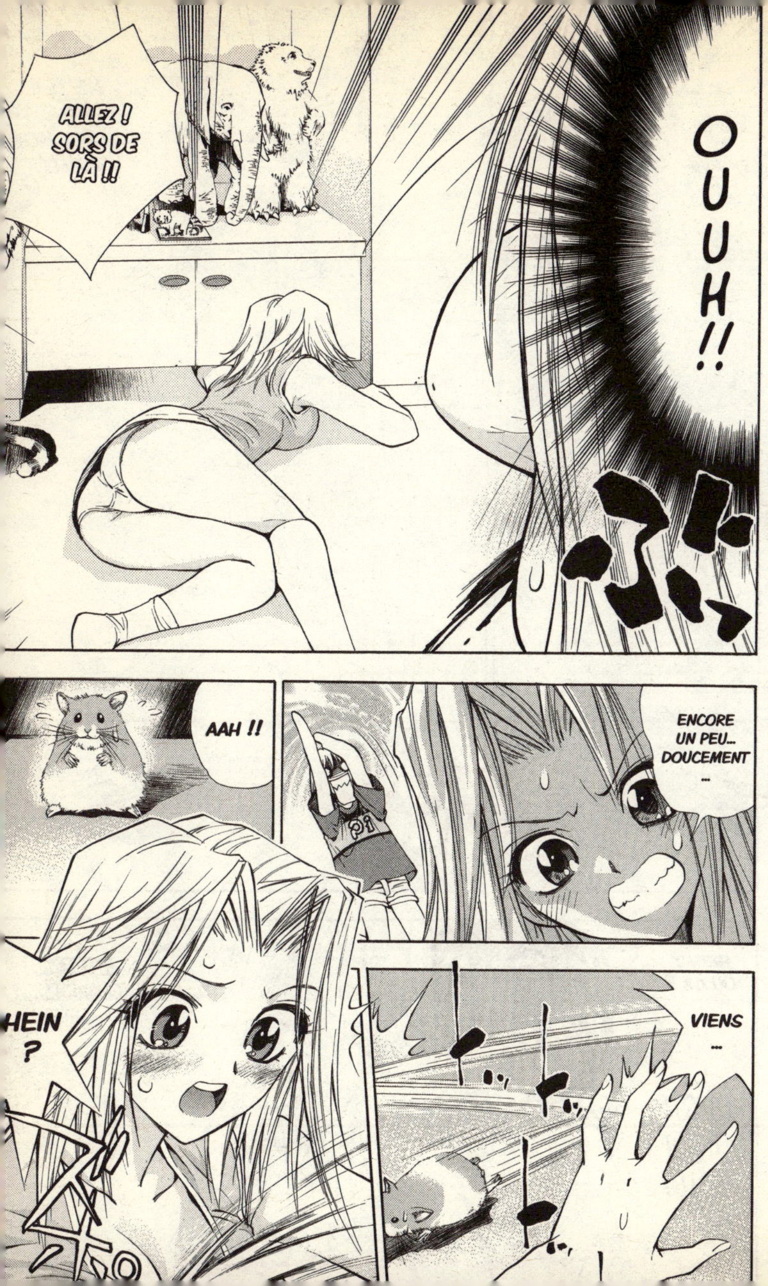

OUUUH !!
ALLEZ ! SORS DE LÀ !!
ENCORE UN PEU... DOUCEMENT ...
AAH !!
VIENS ...
HEIN ?

HÉ !! IL EST PASSÉ DANS MON MAILLOT
MIDORI !!
ENLÈVE-LE, RINA !!
QUOI ?!!!
OÙ EST-IL ?
....
NE REMUE PAS COMME ÇA !!
HEIN ? OÙ ÇA ?
NON ! PAS LÀ !!

RINA ! FAIS ATTENTION OÙ TU METS TES MAINS !!
MAIIS
AAH ! NON PAS LÀÀ !!!
GROUILLE-TOI, HAMKICHI ?!!
YUNA ! VIENS NOUS AIDER !
EUH... J'AIMERAIS BIEN...
MAIS JE NE PEUX PAS FAIRE ÇA !!
ALLEZ ! SORS !!!

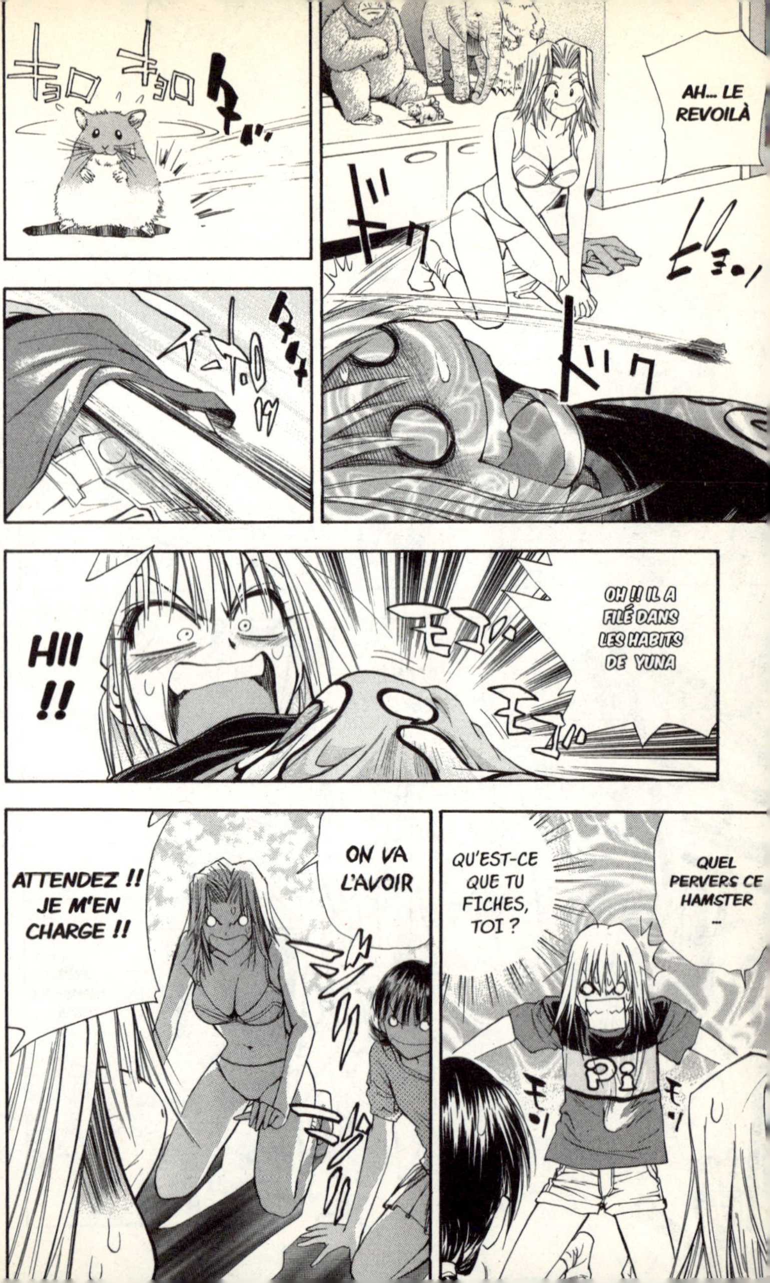
AH... LE REVOILÀ
キョロ キョロ
OH !! IL A FILÉ DANS LES HABITS DE YUNA
HII !!
QUEL PERVERS CE HAMSTER ...
QU'EST-CE QUE TU FICHES, TOI ?
ON VA L'AVOIR
ATTENDEZ !! JE M'EN CHARGE !!

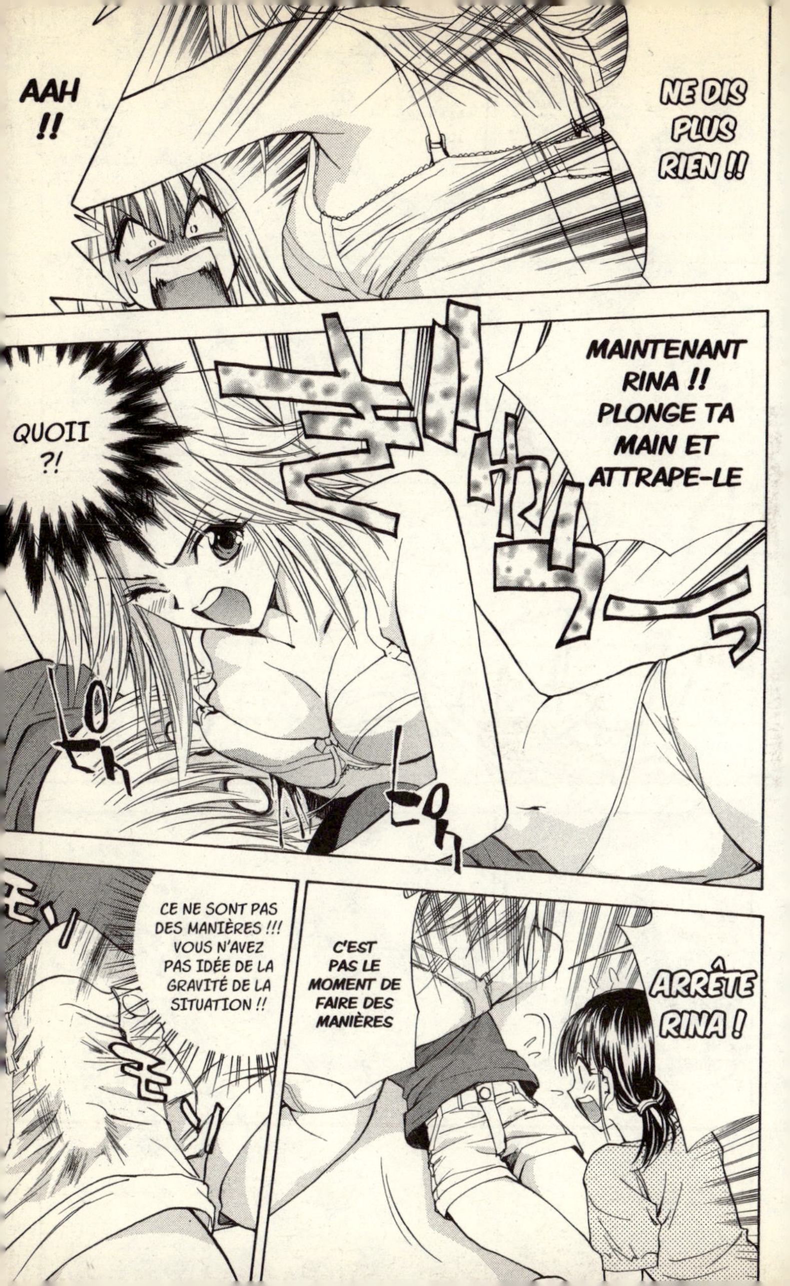
NE DIS PLUS RIEN !!
AAH !!
MAINTENANT RINA !! PLONGE TA MAIN ET ATTRAPE-LE
QUOII ?!
ARRÊTE RINA !
C'EST PAS LE MOMENT DE FAIRE DES MANIÈRES
CE NE SONT PAS DES MANIÈRES !!! VOUS N'AVEZ PAS IDÉE DE LA GRAVITÉ DE LA SITUATION !!

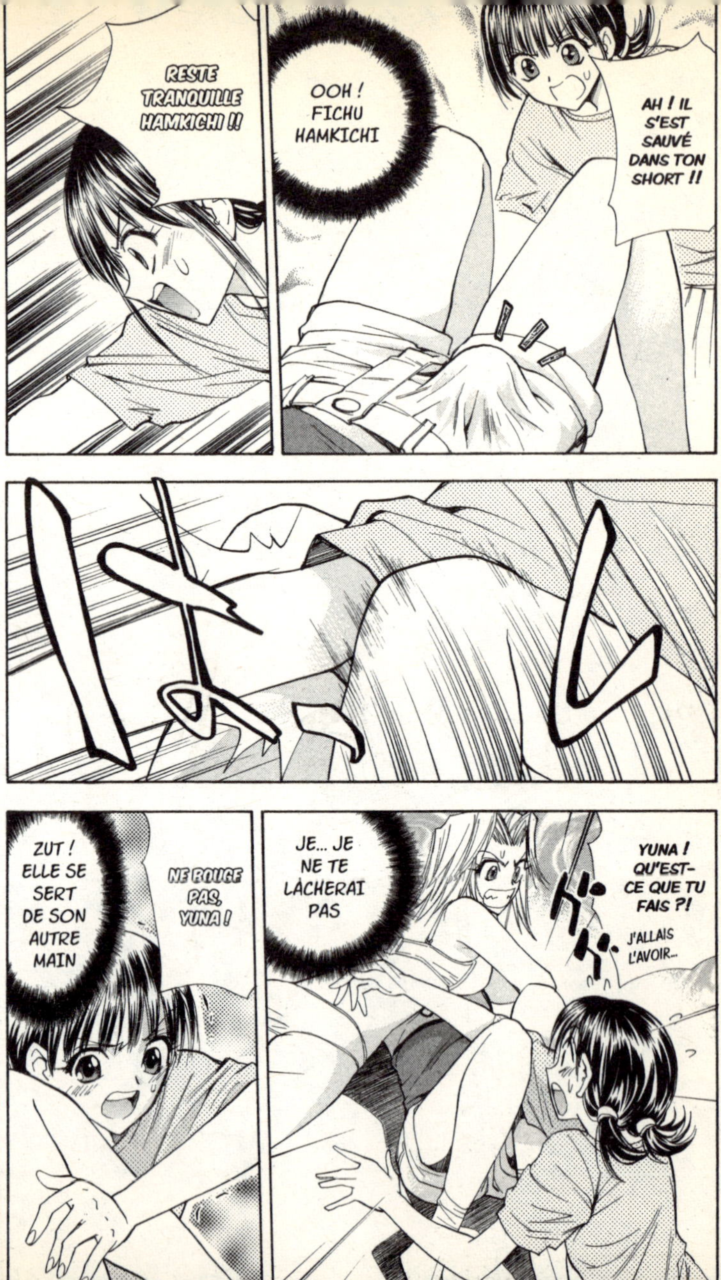
AH ! IL S'EST SAUVÉ DANS TON SHORT !!
OOH ! FICHU HAMKICHI
RESTE TRANQUILLE HAMKICHI !!
YUNA ! QU'EST-CE QUE TU FAIS ?!
J'ALLAIS L'AVOIR...
JE... JE NE TE LÂCHERAI PAS
NE BOUGE PAS, YUNA !
ZUT ! ELLE SE SERT DE SON AUTRE MAIN

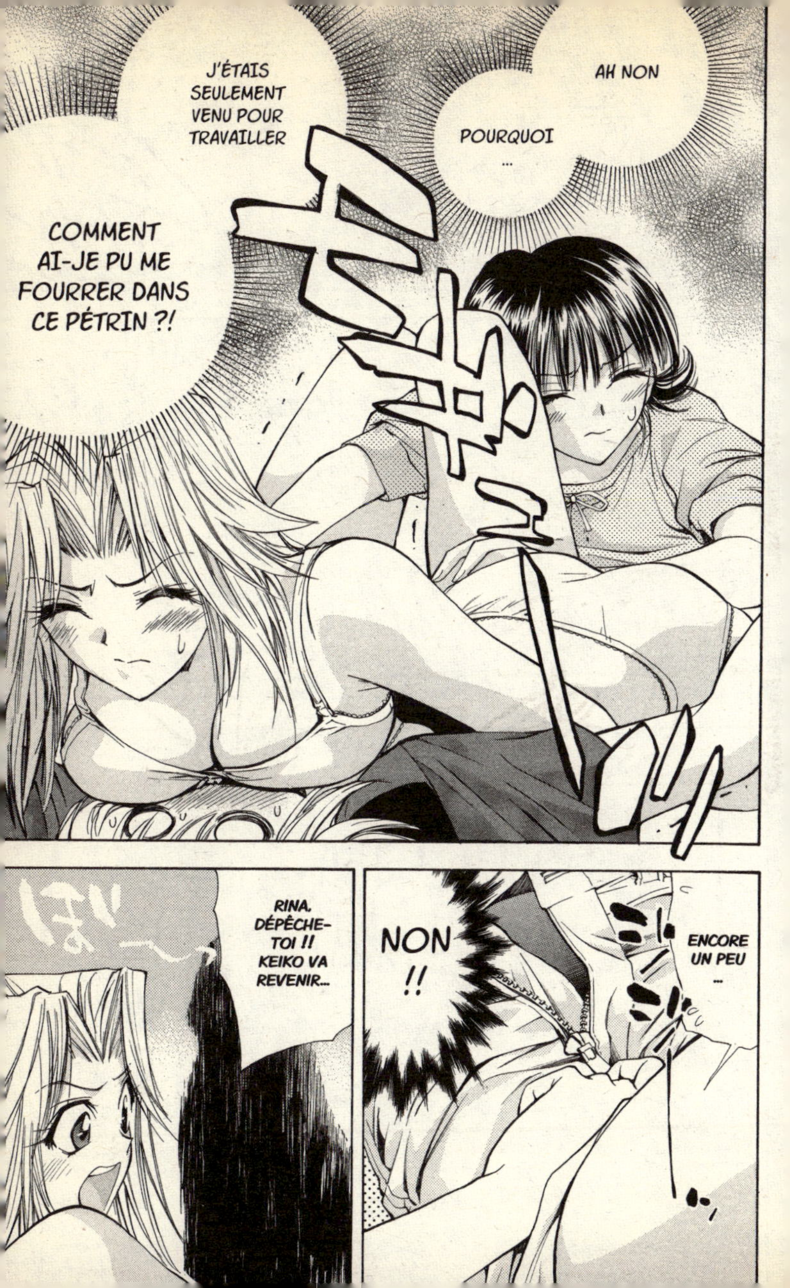
AH NON
POURQUOI ...
J'ÉTAIS SEULEMENT VENU POUR TRAVAILLER
COMMENT AI-JE PU ME FOURRER DANS CE PÉTRIN ?!
ENCORE UN PEU ...
NON !!
RINA, DÉPÊCHE-TOI !! KEIKO VA REVENIR...

!!
AAH !
LE
CHIEN
!!
WOUF !
...!!
C'EST MA
CHANCE !!
HIIII
A
AH
SAUVÉ
...
AÏÏÏE

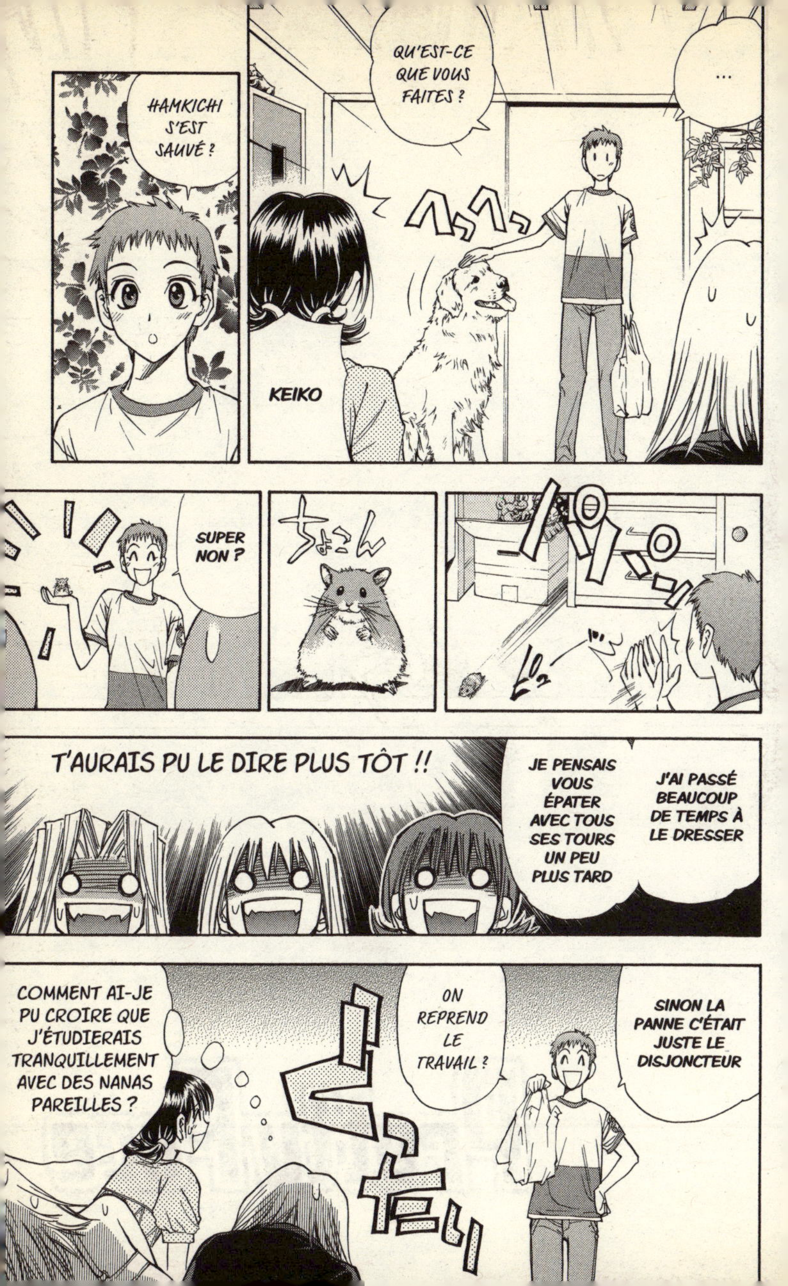
...
QU'EST-CE QUE VOUS FAITES ?
HAMKICHI S'EST SAUVÉ ?
KEIKO
SUPER NON ?
T'AURAIS PU LE DIRE PLUS TÔT !!
J'AI PASSÉ BEAUCOUP DE TEMPS À LE DRESSER
JE PENSAIS VOUS ÉPATER AVEC TOUS SES TOURS UN PEU PLUS TARD
SINON LA PANNE C'ÉTAIT JUSTE LE DISJONCTEUR
ON REPREND LE TRAVAIL ?
COMMENT AI-JE PU CROIRE QUE J'ÉTUDIERAIS TRANQUILLEMENT AVEC DES NANAS PAREILLES ?

Pretty Face

CHAPITRE 15
PRETTY HORROR FACE

HMMM... TOUJOURS RIEN DE NOUVEAU...
AH BON ?
☆ LIVRE D'OR ☆
LAISSEZ-MOI UN MESSAGE ICI
J'ai vu tes photos (^^ ; auteur : hasegawa date : 10/08 10h53
Tu es mignonne Yuna~~
Tu veux bien sortir avec moi ?
J'attends ta réponse
Salut ! auteur : yunalove date : 17/08 09h05
Salut !!
Je suis venu ici en suivant le lien
d'un autre site. J'aime bien ton site.
Je reviendrai
PREMIER MESSAGE ! auteur : Y.M. date : 17/08 22h37
Bonjour ! Enchanté de te connaître !
Hier, je t'ai vue... dans mes rêves (lol)
J'espère que je te reverrai aujourd'hui...
Je te soutiens... Bon courage...
JE PENSAIS POURTANT QUE CETTE PAGE WEB ÉTAIT UNE BONNE IDÉE...
MAIS ÇA FAIT UN MOMENT MAINTENANT, ET TOUJOURS PAS LA MOINDRE INFO...
PEUT-ÊTRE QUE ÇA MARCHERAIT MIEUX EN ÉCRIVANT "CETTE JEUNE FILLE A DISPARU"...
OUI MAIS IMAGINE QUE RINA TOMBE DESSUS...
由奈ちゃんのお部屋 - Microsoft Internet Explorer
LA CHAMBRE DE YUNA
J'ADORE VOYAGER. SI VOUS M'AVEZ VUE, LAISSEZ-MOI UN MESSAGE
GALERIE
PRÉSENTATION
LIVRE D'OR
LIENS
PHOTO DE YUNA (MASASHI) PAR MANABÉ
J'AI DÉJÀ REÇU 1500 MAILS DE PERSONNES VOULANT SORTIR AVEC TOI !!
METS-LES À LA POUBELLE !!

J'AI MÊME ÉTÉ PLUSIEURS FOIS À LA POLICE
MAIS RETROUVER QUELQU'UN N'EST PAS FACILE
PFF
BON, JE DOIS PARTICIPER À UN COLLOQUE À SAPPORO
IL FAUT QUE J'Y AILLE
JE VOIS... JE TE LAISSE
HM ?
QU'EST-CE QUE C'EST ?
AH, ÇA ? C'EST UN MASQUE POUR UN TRAIN FANTÔME
BEAU TRAVAIL, HEIN ?
OUAIS

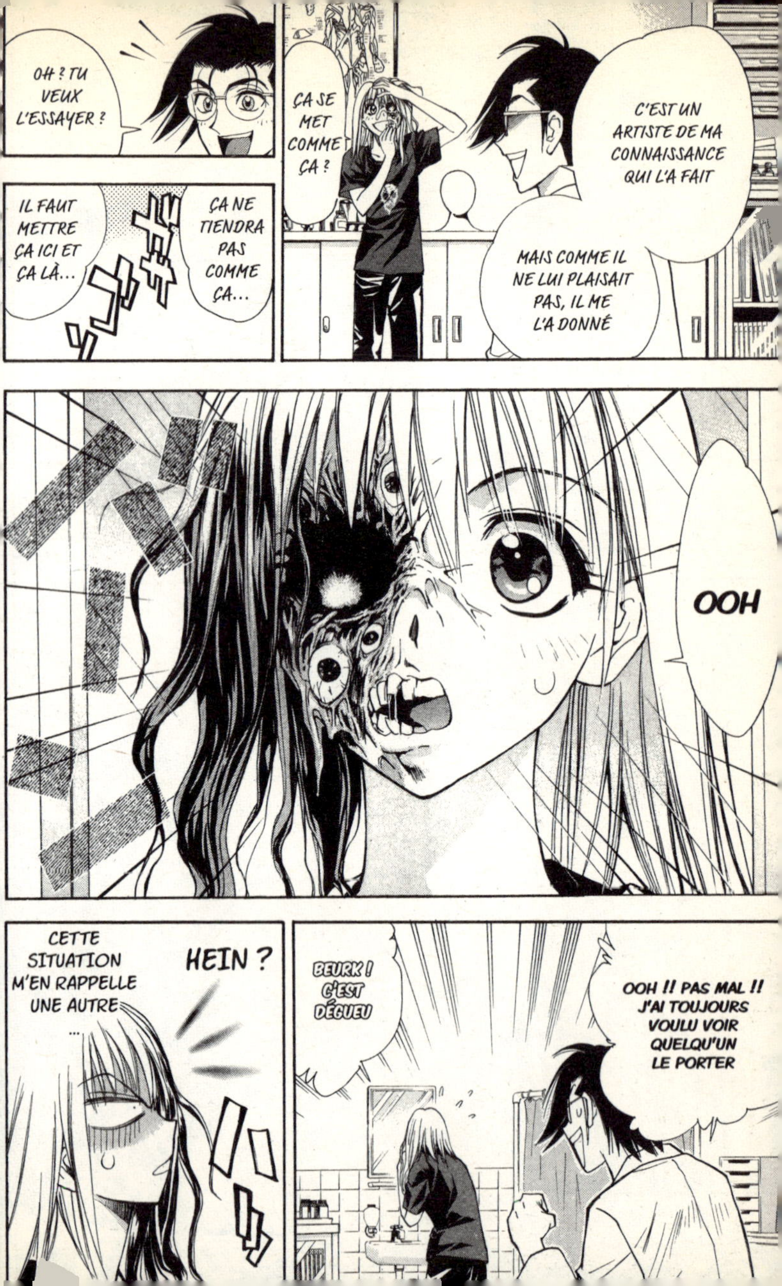
C'EST UN ARTISTE DE MA CONNAISSANCE QUI L'A FAIT
MAIS COMME IL NE LUI PLAISAIT PAS, IL ME L'A DONNÉ
ÇA SE MET COMME ÇA ?
OH ? TU VEUX L'ESSAYER ?
ÇA NE TIENDRA PAS COMME ÇA...
IL FAUT METTRE ÇA ICI ET ÇA LÀ...
OOH
OOH !! PAS MAL !! J'AI TOUJOURS VOULU VOIR QUELQU'UN LE PORTER
BEURK ! C'EST DÉGUEU
HEIN ?
CETTE SITUATION M'EN RAPPELLE UNE AUTRE ...

DIS... JE L'AI MIS SANS Y PENSER MAIS...
JE VAIS BIEN POUVOIR L'ENLEVER CETTE FOIS ?
NE T'EN FAIS PAS
J'AI UTILISÉ UNE COLLE EXTRA-FAIBLE
ELLE EST LÀ...
C'EST CETTE COLLE...
COLLE EXTRA ORTE
OUPS !!!
!??
ÇA VEUT DIRE QUOI "OUPS" ?!
PAS DE BLAGUE HEIN ?!
JE VAIS POUVOIR L'ENLE-VER. PAS VRAI ?
OUI... SANS PROBLÈME ...
DEMAIN
DEMAIN ?!!
COMMENT ÇA ?!
PARDON, JE ME SUIS TROMPÉ DE COLLE
J'AI PEUR
NON MAIS TU TE FOUS DE MOI LÀ ?!!!

C'EST TOUJOURS PAREIL AVEC TOI !! T'ES CON OU TU LE FAIS EXPRÈS ?!
OUAAH ! NON, JE TE JURE, CETTE FOIS-CI, C'EST UN ACCIDENT !!
"CETTE FOIS-CI" ?!!
QUE VAIS-JE FAIRE ?
PAS MOYEN DE PLANQUER CE MASQUE ET DE RENTRER À LA MAISON...
AAH ...
!!
QU'EST-CE QUE C'EST ?!! Y'A QUELQU'UN DE BIZARRE
AH, ZUT

HÉ TOI !!
C'EST QUOI CET ACCOUTREMENT ?
J'AI QUELQUES QUESTIONS À TE POSER
EUH MAIS JE...
EUH MAIS JE...
AH
AAH !!
GAAH !!
ZUT ! JE NE PEUX MÊME PLUS RESTER DEHORS
JE DOIS TROUVER UNE CACHETTE POUR LA NUIT
OH

COMME C'EST ENCORE LES VACANCES, JE DEVRAIS POUVOIR PASSER LA NUIT TRANQUILLE
OH ! LA CHANCE
UNE FENÊTRE OUVERTE
BRRR...
MAIS AVEC MA TÊTE, JE ME FONDS DANS LE DÉCOR
HA HA ...
C'EST PAS RASSURANT UNE ÉCOLE LA NUIT...
HM ?
TIENS ? DES VOIX ?
IL Y A QUEL-QU'UN ?

LES VACANCES SONT BIENTÔT FINIES ...
J'AIMERAIS BIEN ME REPOSER ENCORE
J'ENVIE LES ÉLÈVES DE HONSHU, LEURS VACANCES D'ÉTÉ SONT PLUS LONGUES
QUELLE CHANCE
MÊME SI LEURS VACANCES D'HIVER SONT PLUS COURTES
?
CE SONT EUX QUI ONT OUVERT LA FENÊTRE ?
CE SONT DES ÉLÈVES DE CETTE ÉCOLE ?
QU'EST-CE QU'ILS FICHENT ICI ?!
AU MOINS, QUAND LES COURS REPRENDRONT, ON VERRA YUNA TOUS LES JOURS
OUAIS, OUAIS..
HEIN ?
SALUT LES GARS
LES TROIS ANDOUILLES DU CLUB DE KARATÉ ?!
ALLEZ, SORTEZ LES GOODS
OUAIS
C'EST QUOI LE BUT DE CETTE RÉUNION ?

MOI J'AI UNE PIÈCE UNIQUE ! 20 CM DU BANDAGE UTILISÉ PAR YUNA POUR COUVRIR SA POITRINE QUAND ELLE AVAIT GROSSI
MOI J'AI DES SERVIETTES ET DES ÉVENTAILS À SON EFFIGIE
MOI J'AI 50 PHOTOS DE YUNA PRISES EN CACHETTE !
VOIR CHAP. 7 DU VOL. 1
TU ES SÛR DE VOULOIR T'EN SÉPARER, ENDO ?
T'INQUIÈTE, AVEC L'ARGENT, JE PROJETTE DE ME FAIRE UN POLOCHON YUNA
BON ! QUE LE GRAND TROC DES FANS DE YUNA COMMENCE
JE T'ÉCHANGE 10 PHOTOS CONTRE UN ÉVENTAIL
4000 YENS POUR LE BANDAGE
QUELLE RÉUNION À LA GOMME
QUAND CES TROIS IDIOTS ONT-ILS CRÉÉ UNE TELLE ORGANISATION ?

QUELLE HONTE... ET DIRE QU'ILS SONT DANS MON ÉCOLE...
DES PHOTOS DE YUNA EN GYM
JE VAIS VOUS MONTRER MOI
UN LACET DE YUNA ?
C'EST UN VRAI ?
VOUS AVEZ ENTENDU ?
?
Y'A QUELQU'UN D'AUTRE ICI ?
ON DIRAIT DES PLEURS…
DITES …
C'EST PAS UN FANTÔME AU MOINS ?
TU RIGOLES OU QUOI ?!
NON, J'AI ENTENDU DIRE QU'UNE FILLE S'EST SUICIDÉE DANS CETTE ÉCOLE APRÈS AVOIR ÉTÉ PLAQUÉE
IL PARAÎT QU'ELLE REVIENT HANTER LES LIEUX EN ÉTÉ…
DIS PAS DE BÊTISES ! CE GENRE D'HISTOIRES, IL Y EN A DANS TOUTES LES ÉCOLES
ET SI ON LA CAPTURAIT ?

HÉ, TU L'AS TROUVÉE ?
RIEN DE CE CÔTÉ
JE SUIS SÛR QUE LA VOIX VENAIT DE LÀ...
!! J'AI VU UN TRUC TOUT BLANC !!
OÙ ÇA ?
IL A TOURNÉ LE COIN
BON !!
!!?

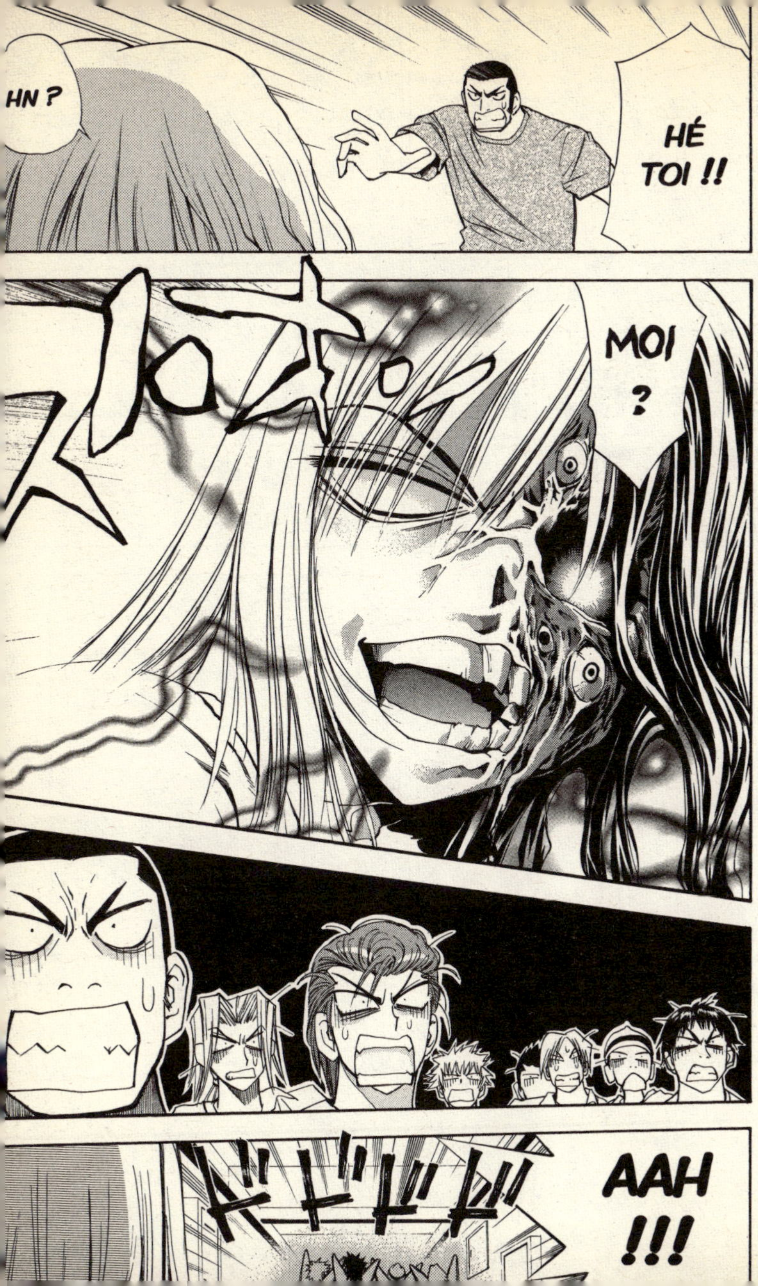
HÉ TOI !!
HN ?
MOI ?
AAH !!!

PFFF... REVENEZ ET BATTEZ-VOUS COMME DES HOMMES
IL S'EST MÊME CONFECTIONNÉ UN SUAIRE
JE VAIS JETER TOUTES CES COCHONNERIES VITE FAIT
QUE FAITES-VOUS AU LYCÉE EN PLEINE NUIT ?!
RESPONSABLE DE LA SÉCURITÉ
ON VERRA ÇA PLUS TARD
Y'A UN FANTÔME
SORS DE LÀ !! FANTÔME DE MES DEUX
QUE JE TE FLANQUE UNE CORRECTION !!
OH NON ! ILS M'ONT ÉCOUTÉ !!

AAH ! TOUS NOS TRÉSORS SE SONT ENVOLÉS
IL ME LE PAIERA !!
ÇA M'AURAIT ÉTONNÉ AUSSI...
C'EST LE FANTÔME QUI A FAIT ÇA ?!!
ILS SONT REVENUS POUR LEUR CAMELOTE
PFF ! MOI QUI PENSAIS ÊTRE TRANQUILLE POUR LA NUIT
IL VA FALLOIR QUE JE LES FASSE DÉGUERPIR PAR LA FORCE
UN FANTÔME ICI ?
VOUS AVEZ FUMÉ LA MOQUETTE ?!
PAS DU TOUT !!!
JE VAIS VOIR PAR LÀ
OK, ON VA DE L'AUTRE CÔTÉ
BON SANG ...
CETTE HISTOIRE EST RIDI-CULE
AGHH ...

HUMPF
QU ...
MAIS ?!
LE VIEUX ?!
PARTEZ
C'EST LE FANTÔME QUI A FAIT ÇA ?!
HII, QUELLE HORREUR
LES RUMEURS ÉTAIENT FONDÉES
SI ON OUBLIAIT TOUT ET QU'ON RENTRAIT ?
IDIOT !! ET NOS GOODS ?! TU LES OUBLIES
JE LES RÉCUPÉRERAI
JE N'ABANDONNERAI PAS

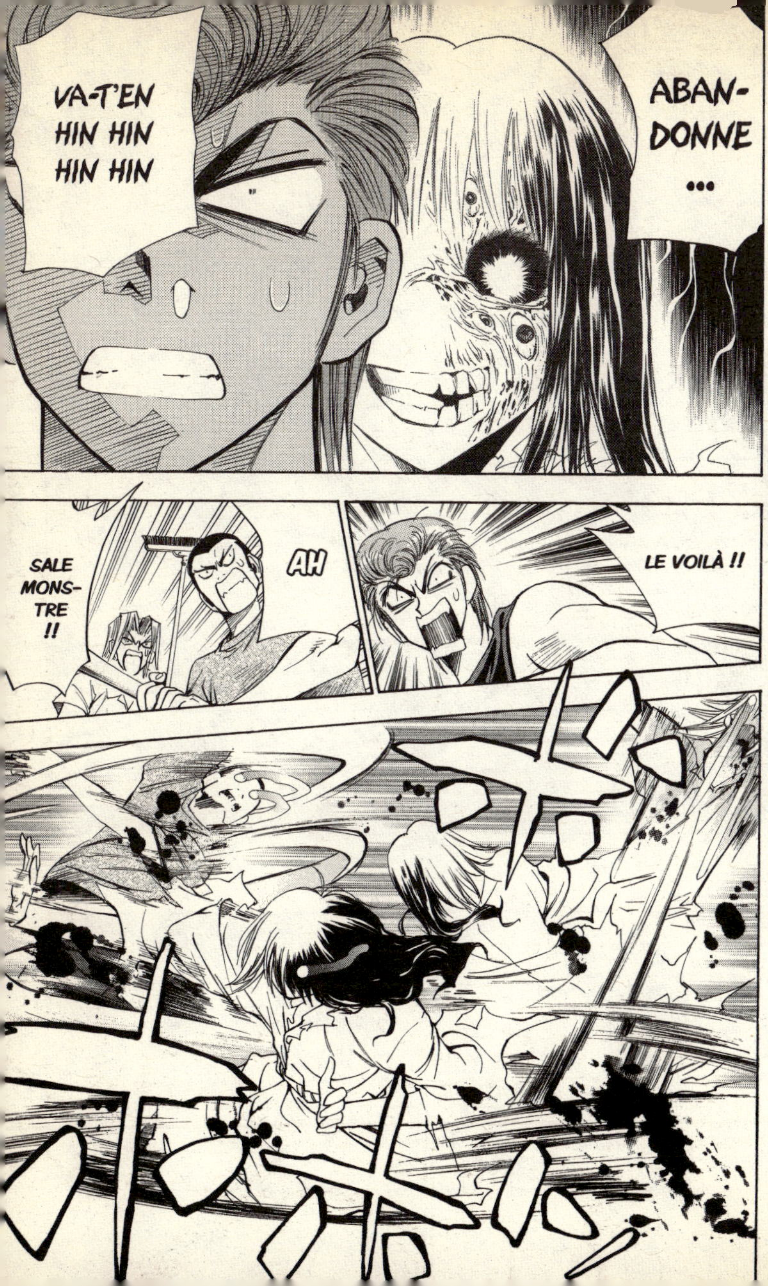
ABAN-DONNE ...
VA-T'EN HIN HIN HIN HIN
LE VOILÀ !!
AH
SALE MONS-TRE !!

HII !
ARRÊTEZ VOS IDIOTIES
OUBLIEZ CETTE FILLE
SINON JE VOUS POSSÉDERAI
ET JE VOUS HANTERAI JUSQU'À LA FIN DE VOS JOURS...
AAH !
EENFIN... ILS NE REVIEN-DRONT PAS CETTE FOIS
JE VAIS POUVOIR DORMIR

HMM ...
DÉJÀ LE MATIN ?
OOH
LE MASQUE EST TOMBÉ
J'AI ENFIN RETROUVÉ UN VISAGE NORMAL
AH... MAIS C'EST QUOI CETTE TÊTE ?!
LES MOUSTIQUES M'ONT BOUFFÉ L'AUTRE CÔTÉ PENDANT LA NUIT !!
OUI, LE RAPPORT SIGNALE UN MANIAQUE SE BALADANT AVEC UN MASQUE DE FANTÔME DANS LE LYCÉE SEIKA...
ÇA A L'AIR SÉRIEUX, NOUS ALLONS INTERVENIR
C'EST PAS UN MANIAQUE !! C'EST UN FANTÔME
IL A VOLÉ NOS TRÉSORS
C'EST VRAI ! IL M'A ATTAQUÉ MOI AUSSI
QUOII ?!!
OUI OUI, COMPRIS !
OOH ! JE NE PEUX PAS SORTIR AVEC UNE TÊTE PAREILLE
COMMENT JE VAIS POUVOIR M'EN TIRER ?!
MASASHI PARVINT À S'ENFUIR PAR LA PORTE DE DERRIÈRE DE L'ÉCOLE, MAUDISSANT UNE FOIS ENCORE LES TROIS IDIOTS DU CLUB DE KARATÉ...

Pretty Face

CHAPITRE 16 UNE VISITE INATTENDUE

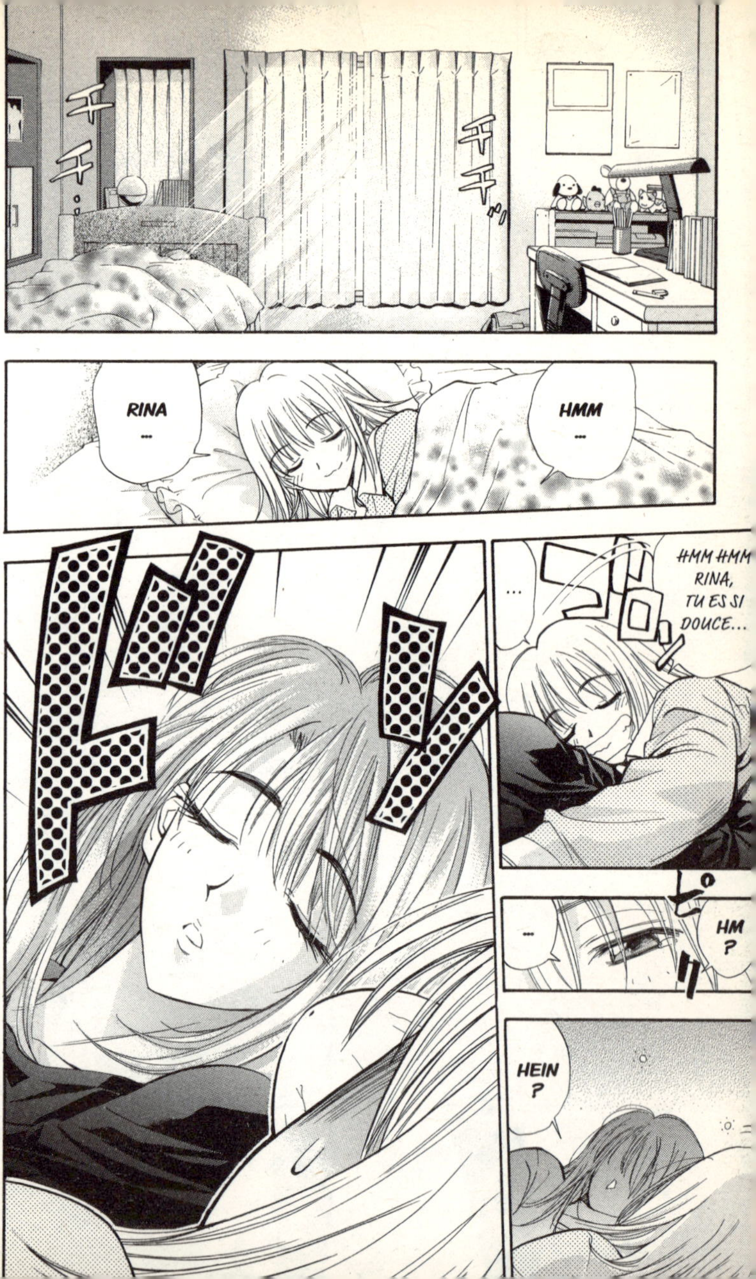
HMM
...
RINA
...
HMM HMM
RINA,
TU ES SI
DOUCE...
...
HM
?
...
HEIN
?

A —— AH !!!
AAH !!!
AH ...
QUI... QUI EST-CE ?!

QUE SE PASSE-T-IL YUNA ?
Y'A QUELQU'UN DANS MON LIT
HMM ...
QUOI ?
VOUS EN FAITES DU BRUIT
MA COUSINE ?
OOH, ON DIRAIT QUE TU AS OUBLIÉ MIWA, ÇA ALORS
OUPS ...
VOUS VOUS ENTENDIEZ BIEN DANS LE TEMPS
MIWA SERA DÉÇUE SI ELLE APPREND QUE TU L'AS OUBLIÉE
EN FAIT, C'EST LA PREMIÈRE FOIS QUE JE LA VOIS

BONJOUR TOUT LE MONDE !!
AH, SALUT LES FILLES !! VOUS ALLEZ BIEN ?
NGH !
ÇA FAISAIT SI LONGTEMPS YUNA
HII !!
QU'EST-CE QU'ELLE FAIT LÀ CELLE-LÀ ?
COMME JE SUIS ARRIVÉE DANS LA NUIT, J'AI DÛ TE FAIRE PEUR
DIS, POURQUOI AS-TU UTILISÉ LA CHAMBRE DE YUNA ?
HA HA HA...
J'AI REVU RINA PLUSIEURS FOIS L'ANNÉE DERNIÈRE MAIS PAS YUNA N'EST-CE PAS ?
ALORS QUAND JE L'AI VUE CETTE NUIT, J'AI EU ENVIE DE DORMIR PRÈS D'ELLE COMME QUAND ON ÉTAIT PETITES

MAIS COMME VOUS ÊTES JUMELLES, C'EST DU PAREIL AU MÊME, HA HA HA !
OH NON !!
J'ESPÈRE QU'ELLE N'A RIEN DÉCOUVERT
NE T'EN FAIS PAS ! JE N'AI PAS EU DE GESTES DÉPLACÉS
AH, JE VOIS
ON DIRAIT QUE ÇA VA...
AU CONTRAIRE, C'EST TOI QUI M'AS TOUCHÉE
ET TU M'AS SERRÉE SI FORT EN DORMANT
DE QUOI TU PARLES ?!!
MAIS POURQUOI ES-TU VENUE AU FAIT ?
POUR LE TRAVAIL
VOUS COMMENCEZ UN NOUVEAU TRIMESTRE, NON ?

EH BIEN, MOI AUSSI !!
SOYEZ GENTILLES AVEC MOI !!
HEIN ?
TA COUSINE VIENT ENSEIGNER ICI ?
OUI, J'AI ÉTÉ SURPRISE AUSSI
LA PROF DE JAPONAIS EST EN CONGÉ MATERNITÉ, HEIN ?
ELLE VIENT POUR LA REMPLACER
JE SAVAIS QU'ELLE ÉTAIT PROF MAIS JE NE PENSAIS PAS LA VOIR ICI
ET TOI YUNA ?
HEIN ?
PAREIL
UNE FILLE APPARAÎT SOUDAIN DANS MON LIT... J'APPRENDS QUE C'EST MA COUSINE, PUIS MA PROF
LA JOURNÉE COMMENCE FORT

BON, RÉCAPITULONS... C'EST LA FILLE DU FRÈRE DE LA MÈRE DE RINA... C'EST DONC LA COUSINE DE RINA ET YUNA...
ELLE S'APPELLE MIWA MASUKO (23 ANS)
FRÈRE
MAMAN
MIWA
ET AUSSI NOTRE PROF DE JAPONAIS ...
ON DIRAIT QU'ELLE A TRÈS BIEN CONNU LA VRAIE YUNA...
C'EST MAUVAIS POUR MOI ÇA...
IL VA FALLOIR QUE JE SOIS SUR MES GARDES
ET VOILÀ ...
VOUS AVEZ FAIT LE TOUR DU LYCÉE
IL EST TRÈS GRAND
BAH, VOUS Y SEREZ HABITUÉE EN UNE SEMAINE
AH OUI
PAR CONTRE, MADE-MOISELLE MASUKO ...
VOUS DEVRIEZ FAIRE ATTENTION À VOTRE TENUE...
IL SERAIT GÊNANT DE PROVOQUER DES HISTOIRES AVEC LES ÉLÈVES

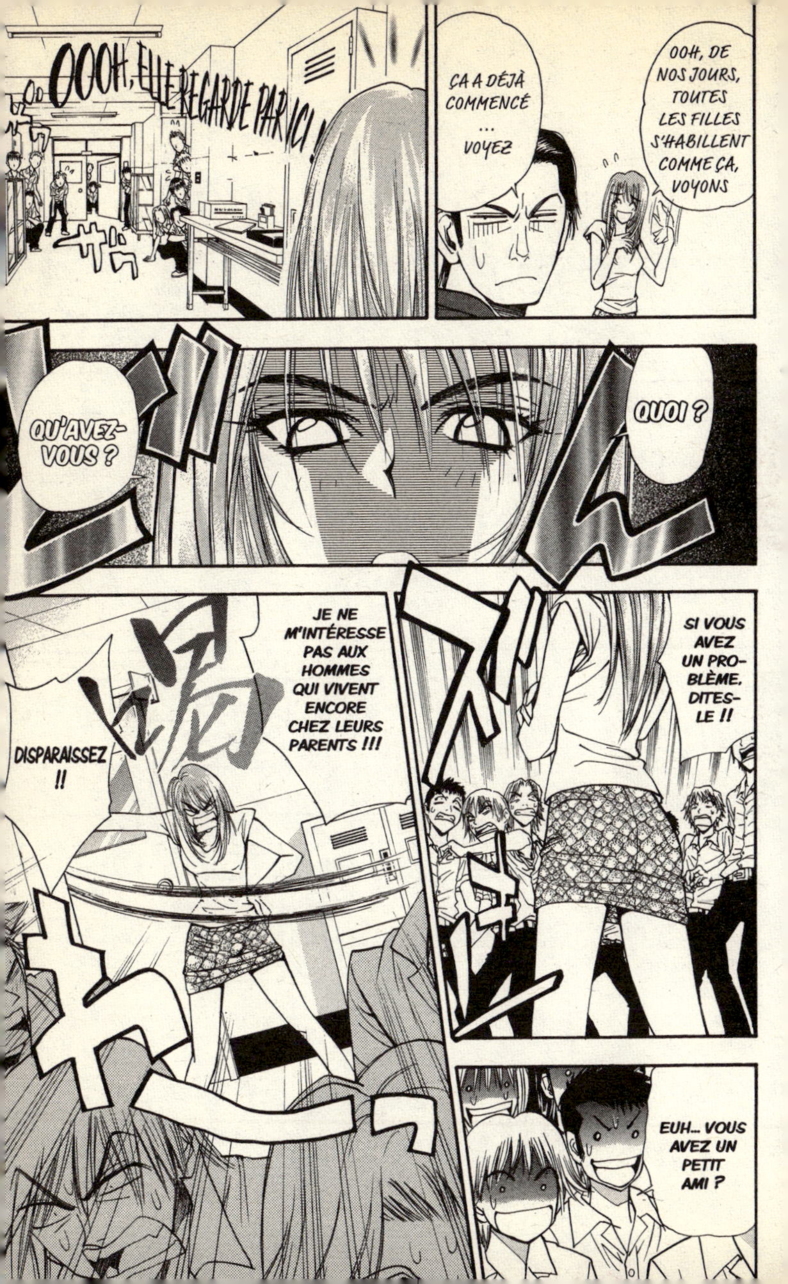
OOH, DE NOS JOURS, TOUTES LES FILLES S'HABILLENT COMME ÇA, VOYONS
ÇA A DÉJÀ COMMENCÉ ... VOYEZ
OOOH, ELLE REGARDE PAR ICI !
QUOI ?
QU'AVEZ-VOUS ?
SI VOUS AVEZ UN PROBLÈME, DITES-LE !!
JE NE M'INTÉRESSE PAS AUX HOMMES QUI VIVENT ENCORE CHEZ LEURS PARENTS !!!
DISPARAISSEZ !!
EUH... VOUS AVEZ UN PETIT AMI ?

VOUS AVEZ DE L'AUTORITÉ !
HA HA HA ! OUI, C'EST MON POINT FORT
OH, HUM
À PROPOS, ET MES COUSINES ?
CE SONT DE BONNES ÉLÈVES ?
LES JUMELLES KURIMI DE DEUXIÈME ANNÉE ?
LA PLUS JEUNE EST TRÈS BONNE ÉLÈVE...
MALHEUREU-SEMENT... LES NOTES DE L'AÎNÉE NE SONT PAS AUSSI BONNES...
...
LES NOTES DE YUNA ?!
PAUSE DE MIDI
T'AS VU LA NOU-VELLE PROF ?!
Mlle MASUKO ? OUAIS !! ELLE EST TERRIBLE
ELLE A LE CHARME D'UNE ADULTE
DOMMAGE QU'ELLE NE S'OCCUPE PAS DE NOTRE CLASSE

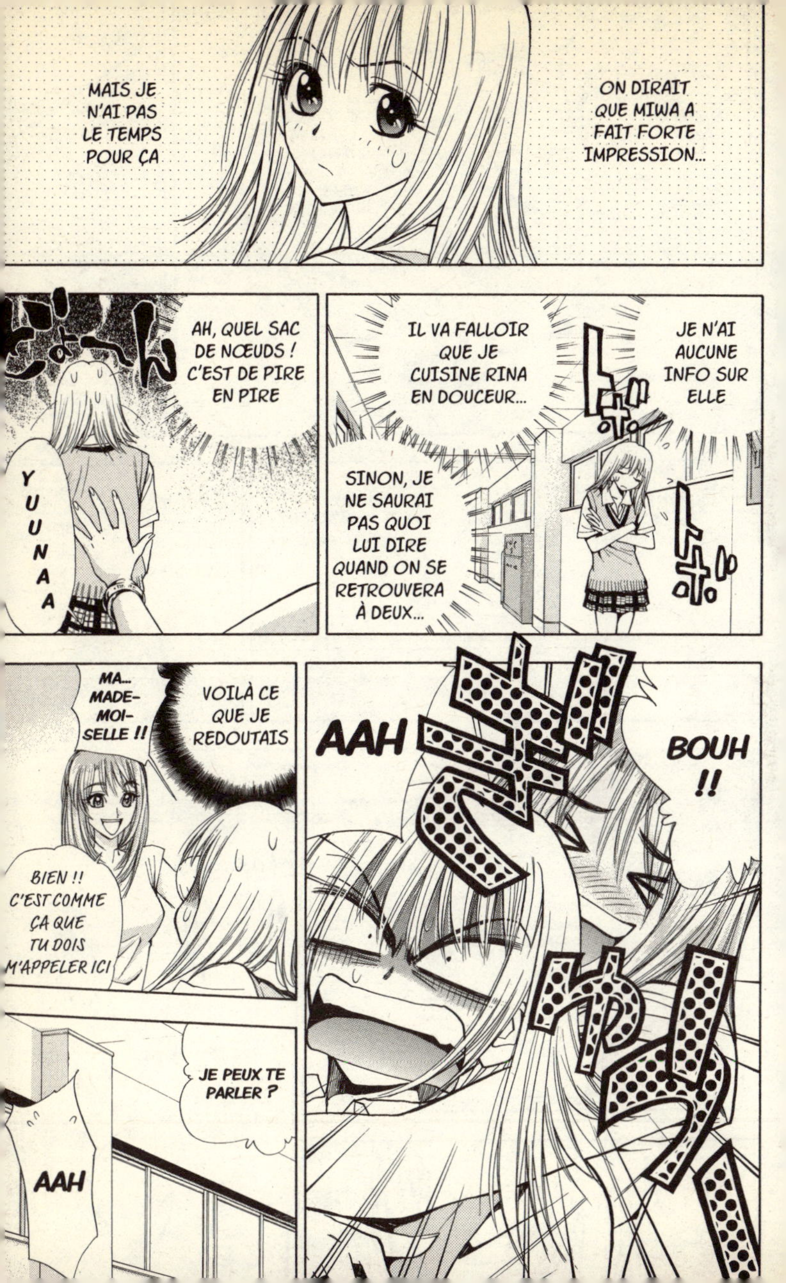
ON DIRAIT QUE MIWA A FAIT FORTE IMPRESSION...
MAIS JE N'AI PAS LE TEMPS POUR ÇA
JE N'AI AUCUNE INFO SUR ELLE
IL VA FALLOIR QUE JE CUISINE RINA EN DOUCEUR...
SINON, JE NE SAURAI PAS QUOI LUI DIRE QUAND ON SE RETROUVERA À DEUX...
AH, QUEL SAC DE NŒUDS ! C'EST DE PIRE EN PIRE
YUUNAA
BOUH !!
AAH
VOILÀ CE QUE JE REDOUTAIS
MA... MADE-MOI-SELLE !!
BIEN !! C'EST COMME ÇA QUE TU DOIS M'APPELER ICI
JE PEUX TE PARLER ?
AAH

SALLE DE CONFÉRENCE
HMM
C'EST GÉNIAL DE POUVOIR UTILISER CETTE PIÈCE POUR PARLER ENTRE PROF ET ÉLÈVE
C'EST PAS SI MAL D'ÊTRE PROF
ZUT... JE SUIS MAL LÀ...
JE N'ÉTAIS PAS DU TOUT PRÉPARÉ ...
EUH... DE QUOI VEUX-TU PARLER ?
HEIN ?
AH ... HEM
IL PARAÎT QUE TU N'AS PAS DE BONNES NOTES ?
OOH
QUE SE PASSE-T-IL ? ÇA NE TE RESSEMBLE PAS
TU ÉTAIS TRÈS BONNE EN CLASSE AVANT, QUE T'EST-IL ARRIVÉ ?
JE NE M'ATTENDAIS PAS À CE QU'ON PARLE DE MES NOTES...
EUH... EH BEN...
HI HI...

ÇA LE FAIT HEIN ?!
ON DIRAIT UNE VRAIE PROF, NON ?!
ENFIN, JE SUIS UNE VRAIE PROF
AAH ! ÇA ME FAIT TOUT DRÔLE DE DIRE ÇA
HÉ HO ...
NE T'EN FAIS PAS POUR TES NOTES !!
EN VÉRITÉ, JE VOULAIS JUSTE TE PARLER
ON N'A PAS EU TROP LE TEMPS CE MATIN
ALORS ?
ÇA VA LA VIE ?
EUH... BAH...
DE QUOI VEUT-ELLE PARLER ?!
TU AS RENONCÉ À DEVENIR ESTHÉTICIENNE ?
!!?

OH, C'EST VRAI
LA VÉRITABLE YUNA S'EST ENFUIE PARCE QU'ELLE VOULAIT DEVENIR ESTHÉTICIENNE...
EUH... EH BEN...
QUE FAIRE ? QUE PUIS-JE RÉPONDRE ?
JE PENSE QUE... POUR LE MOMENT, IL VAUT MIEUX QUE J'AILLE AU LYCÉE...
OUH !! SI ON M'AVAIT DIT QUE JE DIRAIS ÇA UN JOUR
JE VOIS
HMM ...
MAIS JE NE PENSAIS PAS QUE TU T'ENFUIRAIS...
JE ME SUIS FAIT BEAUCOUP DE SOUCI, TU SAIS
C'EST CE QUI S'EST PASSÉ ? C'EST VRAI QU'ELLES ÉTAIENT PROCHES
PARDON ...
QUAND TU M'AS PARLÉ DE TES SOUHAITS, À L'ÉPOQUE...
J'AI JUSTE TROUVÉ À DIRE "BONNE CHANCE ! JE T'ENCOURAGERAI" ...

GLOUPS !!
PARCE QUE… ON M'A DIT QUE TU AVAIS PERDU LA MÉMOIRE YUNA…
HEIN ?
HMM …
ALORS TU TE SOUVIENS DE ÇA ?
IL FAUT QUE J'AILLE EN CLASSE…
EUUH
JE N'AIME PAS CETTE ATMOSPHÈRE…
QU'EST-CE QU'ELLE FAIT ?! ELLE ME TESTE ?!
YUNA ! S'IL TE PLAÎT !!
ATTENDS !!
PAS ENCORE
HEIN ?
HII ! QUOI ? QUOI ?
!!?
AAH!!

TA JUPE EST DÉCHIRÉE ?
OUI... TU VEUX BIEN LA RECOUDRE ?
MLLE MASUKO A DES ENNUIS
TU SAVAIS BIEN COUDRE DANS LE TEMPS
HEIIN ?!
JE N'AI JAMAIS COUSU DE MA VIE
MOI, JE SUIS SI MALADROITE QUE JE NE SAURAI PAS RÉPARER ÇA
HII !!!!
AÏE !!!
OUAH ! PARDON
QUE FAIRE ? MES MAINS N'ARRÊTENT PAS DE TREMBLER
IL FAUT DIRE QUE LA VUE N'EST PAS DES PLUS APAISANTES

AH !!
À PROPOS, APRÈS-DEMAIN C'EST JOUR DE FÊTE
J'AI HÂTE D'Y ÊTRE
JOUR DE FÊTE ? UN ANNIVERSAIRE ?
CELUI DE RINA ET YUNA EST EN OCTOBRE
ALORS PEUT-ÊTRE QUE...
C'EST TON ANNIVERSAIRE, MIWA ?
OUI, TU T'EN ES SOUVENU !?
COMMENT AURAIS-JE PU L'OUBLIER ?
OOH, COUP DE BOL, J'AI VU JUSTE
À PART L'ANNÉE DERNIÈRE, NOUS L'AVONS TOUJOURS FÊTÉ À TROIS
QU'EST-CE QU'ON FAIT CETTE ANNÉE ?
ET SI NOUS ALLIONS DANS UNE SOURCE THERMALE ?
A–AH
AAAH!!

ÇA FAIT MAAL !!
PARDON PARDON !!!
FAUT PAS ME DIRE DES TRUCS COMME ÇA QUAND JE COUDS
QUE SE PASSE-T-IL ?
IL Y A QUEL-QU'UN ?
ガチャ
OH, JE SUIS DÉSOLÉE MME TÉRADA !
LA JUPE DE MLLE MIWA S'EST DÉCHIRÉE, POUVEZ-VOUS LA LUI RECOUDRE ?
HEIN ?
SAUVÉ ! JE VAIS POUVOIR M'ENFUIR
YUNA !!
PARDON, IL FAUT VRAIMENT QUE J'Y AILLE
TU SAIS, JE ME FICHE DES SOURCES THER-MALES
MAIS J'AI HÂTE D'ÊTRE LE "21" !

EH BIEN DITES DONC…
PARDON POUR LE DÉRANGEMENT
EXCUSEZ-MOI… NOUS SOMMES BIEN LE 20, NON ?
COMMENT ? AH NON, NOUS SOMMES LE 19 AOÛT
ÇA ALORS
NOUS SOMMES LUNDI… LE 19 AOÛT
AUGUST
MON ANNIVERSAIRE A LIEU LE 22… DANS TROIS JOURS
PFIOU
JE L'AI ÉCHAPPÉE BELLE
"COMMENT AURAIS-JE PU L'OUBLIER ?"
"J'AI HÂTE D'ÊTRE LE 21"
QU'EST-CE QUE ÇA VEUT DIRE ?
ELLE A FAIT UNE ERREUR ? OU BIEN…

Pretty Face

RINA ?
CHAPITRE 17
YUNA SOUS SURVEILLANCE
OH, MIWA...
EUH NON, MLLE MASUKO
J'AI UNE QUESTION BÊTE À TE POSER
EST-CE QUE TU TE SOUVIENS DE LA DATE DE MON ANNIVERSAIRE ?
BEN... LE 22, NON ?
AH, C'EST VRAI QUE C'EST BIENTÔT
POURQUOI DEMANDES-TU ÇA ?! TU SAIS QUE C'EST UNE DATE QUE NI GRANDE SŒUR NI MOI NE POURRIONS OUBLIER

CHAPITRE 17
YUNA SOUS SURVEILLANCE

QU'EST-CE QUE TU AS DIT ?
HEIN ?
JE T'AI PROPOSÉ D'ALLER ACHETER UN CADEAU POUR MIWA
MIWA TIENT TOUJOURS AUTANT À FÊTER SON ANNIVERSAIRE
C'EST RIGOLO
NON... AVANT ÇA...
?
"LE 22 C'EST L'ANNIVERSAIRE DE MIWA..."

LE 22 ?!
PAS LE 21 ?
NE FAIS PAS SEMBLANT D'AVOIR OUBLIÉ
NOUS NE SOMMES PAS DU MÊME MOIS MAIS DU MÊME JOUR ! COMMENT ON POURRAIT OUBLIER DANS CE CAS ?
NÉE UN 22/10
CATAS-TROPHE
ELLE AVAIT DIT "APRÈS-DEMAIN"
DONC J'AI PENSÉ QUE C'ÉTAIT LE 21 MOI
J'AI HÂTE D'ÊTRE LE 21 !!
MINCE ...
J'AI FAIT UNE BOURDE
PARDON MAIS JE ME SUIS SOUVENUE D'UN RENDEZ-VOUS
YUNA !!
JE SUIS SÛRE QU'ELLE VA ACHETER UN CADEAU TOUTE SEULE
AH LA LA
CLINI

NE T'INQUIÈTE PAS, ÇA ARRIVE DE SE TROMPER DANS UNE DATE...
C'EST VRAI MAIS...
ÇA NE RISQUE PAS D'ÉVEILLER LES SOUPÇONS DE MIWA SUR MOI ?
HMMM MOUII...
ELLE VA VIVRE CHEZ NOUS DEUX OU TROIS JOURS...
はー
ELLE PEUT ME DEMANDER N'IMPORTE QUOI PENDANT CE TEMPS
TU PENSES TROP, MASASHI
SI TU ES NERVEUX, ELLE SERA ENCORE PLUS SOUPÇONNEUSE
AH...

LE PLUS IMPORTANT EST QUE TU TE COMPORTES EXACTEMENT COMME YUNA
SI TU AGIS COMME CELA, PERSONNE NE SUSPECTERA TON IMPOSTURE
LES ERREURS DANS TES PAROLES SONT SECONDAIRES
IL FAUDRAIT QUE JE ME COMPORTE COMME YUNA ? MAIS JE NE L'AI JAMAIS RENCONTRÉE
TU VIS DANS SA FAMILLE
TU DOIS AVOIR APPRIS DES CHOSES
COMMENT AGIRAIS-TU... QUE PENSERAIS-TU SI TU ÉTAIS YUNA KURIMI ?
OUBLIE QUI TU ES ET NE PENSE PLUS QU'À ÇA
TU M'ENTENDS ? MASASHI A DISPARU
OUI ...
TU ES YUNA KURIMI
NE QUITTE PAS LA FLAMME DES YEUX
HÉ HO ...

YUNA ?
LE MÊME VISAGE QUE RINA...
LES MÊMES GOÛTS...
ELLES SONT TRÈS PROCHES
TOUTE SA FAMILLE L'AIME ET SE SOUCIE D'ELLE
CE DOIT ÊTRE UNE FILLE BIEN
ET PUIS
POUR RINA, C'EST LA GRANDE SŒUR QU'ELLE CHÉRIT PLUS QUE TOUT...
HMMM
VOILÀ, MAINTENANT, TU ES YUNA
UNE JOLIE JEUNE FILLE

COMPORTE-TO COMME UNE FILLE...
OUI OUI, C'EST MIGNON
HEIN ?
TU AS QUELQUE CHOSE DE BIZARRE POUR UNE FILLE
QUELQUE CHOSE QUI NE DEVRAIT PAS SE TROUVER ENTRE TES JAMBES...
VIENS, JE VAIS T'EN DÉBARRASSER
AH !! C'EST DONC ÇA QUE TU VOULAIS ?!!
TU NE SERAS JAMAIS UNE JEUNE FILLE EN AGISSANT COMME ÇA ...
BON, EN TOUT CAS...
IL N'A PAS TORT QUAND IL ME DIT DE ME COMPORTER COMME YUNA
MIWA VA RESTER PENDANT DEUX OU TROIS JOURS
IL VA FALLOIR QUE JE SOIS UNE PARFAITE YUNA

ÇA FAIT TROIS MOIS QUE JE SUIS UNE FILLE
JE PENSE QUE J'AI SAISI COMMENT ME COMPORTER ...
AH AH
HM
PAS TERRIBLE
OH NOON !!
PFOUH
QU'EST-CE QU'ELLE FAIT CELLE-LÀ ?!
DITES DONC !! QUI REGARDEZ-VOUS ?!
HII !!
AAH !

ET C'EST POUR ÇA QUE...
JE VAIS DEVOIR RESTER
ELLE VA HABITER AVEC NOUS ?!
IMPOSSIBLE DE TROUVER UN APPARTEMENT CONVENABLE
ALORS POURQUOI NE PAS L'INVITER À RESTER AVEC NOUS
HA HA ! TE VOILÀ ENTOURÉ DE JOLIES FILLES, CHÉRI
C'EST GÉNIAL YUNA ! ON VA BIEN S'AMUSER
QUELLE JOIE !!
QUELLE MERDE
QUE FAIRE ?
JE VAIS L'AVOIR DANS LES JAMBES

SOIS GENTILLE AVEC MOI, HEIN YUNA ? ♥
EUH... MAIS BIEN SÛR...
!!?
CE REGARD...
EUH ...
JE VAIS DANS MA CHAMBRE
C'EST UN REGARD SOUP-ÇONNEUX
JE SUIS DANS LA MOUISE
DITES ?
JE PEUX VOUS POSER DES QUESTIONS SUR YUNA ?
OÙ EST-ELLE ALLÉE APRÈS S'ÊTRE ENFUIE DE LA MAISON ?
HEIN ?
QUI SAIT ?
HEIN ?! VOUS NE LUI AVEZ PAS DEMANDÉ ?!

ALORS VOUS IGNOREZ CE QU'ELLE A FAIT PENDANT CE TEMPS ?
EN FAIT, ELLE NE SE SOUVIENT PLUS
ET ELLE N'AIME PAS NOUS EN PARLER
BIZARRE
...
APRÈS TOUTES CES HISTOIRES, NOUS NE VOULONS PAS TROP LA BRUSQUER
NOUS PENSONS QU'IL VAUT MIEUX ATTENDRE QU'ELLE NOUS RACONTE
JE VOIS...
SUIS-JE LA SEULE À TROUVER ÇA BIZARRE ?
PLUS JE PENSE À CETTE HISTOIRE D'ANNIVERSAIRE...
ET PLUS YUNA ME FAIT UN DRÔLE D'EFFET

JE NE CROIS PAS QU'IL S'AGISSE DE QUELQU'UN D'AUTRE
MAIS JE PERSISTE À LA TROUVER ÉTRANGE
ZUT ! ELLE REGARDE PAR ICI
JE SUIS SÛR QU'ELLE ME SOUPÇONNE
NE VEUT PAS CROISER SON REGARD
AGIS COMME LA VRAIE YUNA
OOH NOON
MIWA ? POURQUOI TU N'ARRÊTES PAS DE ME FIXER ?
AH !
EUH... C'EST QUE... TU MANGES TA CROQUETTE ?

OH, IL FALLAIT LE DIRE ! ♡
TIENS, JE-TE-LA-DON-NE ♡
ÇA VA, YUNA ?
QU'EST-CE QUE TU AS ?
OUPS !! J'EN AI TROP FAIT ?!
FFFF
NASU MILK
那須牛乳
GHH
NASU MILK
那須牛乳

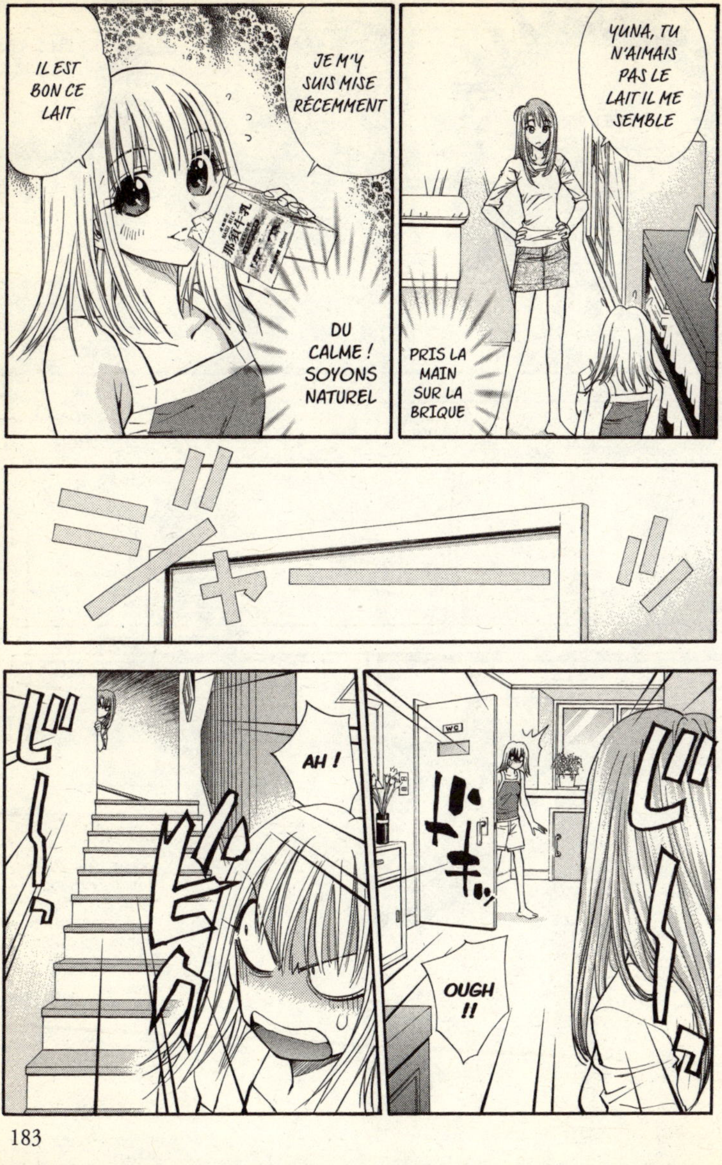
YUNA, TU N'AIMAIS PAS LE LAIT IL ME SEMBLE
PRIS LA MAIN SUR LA BRIQUE
JE M'Y SUIS MISE RÉCEMMENT
IL EST BON CE LAIT
DU CALME ! SOYONS NATUREL
OUGH !!
AH !

ELLE A DES DOUTES...
ELLE PASSE SON TEMPS À M'ESPIONNER...
DIS MIWA, POURQUOI SURVEILLES-TU YUNA COMME ÇA ?
HEIN ?
OH POUR RIEN...
C'EST JUSTE QUE...
TANT QUE J'AI DES DOUTES SUR QUELQUE CHOSE, JE NE SUIS PAS TRANQUILLE

PFFFF
J'AI FERMÉ LA PORTE À CLEF, JE VAIS ENFIN POUVOIR ME RELAXER
QUELLE BARBE
PLUS MOYEN DE VIVRE NORMALEMENT
YUNA, TU ES LÀ ?
QUOI !!?
JE VAIS ENTRER !
PAS POSSIBLE !! ELLE ME SUIVRAIT JUSQU'ICI ?!!

IL FAUT QUE JE TE PARLE
HEIN ?
J'AI CASSÉ LA PORTE
ME VOILÀ YUNA
HEIN ?
PERSONNE ?!

VOL.2 VOYAGE ENTRE FILLES À OKINAWA (FIN)

YUKIÉ SANO (16 ANS)

La seule de la bande des filles à avoir un petit ami. Malheureusement, il n'est pas élève au lycée Seika. Malgré son air sage, elle peut piquer des colères épouvantables. Elle n'est pas mauvaise en classe mais le sport n'est pas son fort et elle déteste en particulier les jeux de ballon. Née en janvier, elle est Capricorne.

MIDORI AKAÏ (17 ANS)

Depuis le deuxième chapitre, où on a pu voir sa culotte, j'en ai fait l'exhibitionniste de la bande. Son but du moment est de se trouver un petit ami tout en vivant sa vie de lycéenne. Mais son idéal est si élevé qu'elle n'a jamais trouvé personne en 17 ans ! Née en août, elle est Lion.

KEIKO TSUKAMOTO (17 ANS)

Elle est bonne en sport, en particulier en volley-ball. Après Yuna et Rina, c'est mon personnage préféré. Elle adore les animaux et élève un chien et un hamster. Apparemment, son plus grand rêve serait d'élever un tigre blanc. Elle ne s'intéresse pas aux mâles humains dit-elle. Née en mai, elle est Taureau.

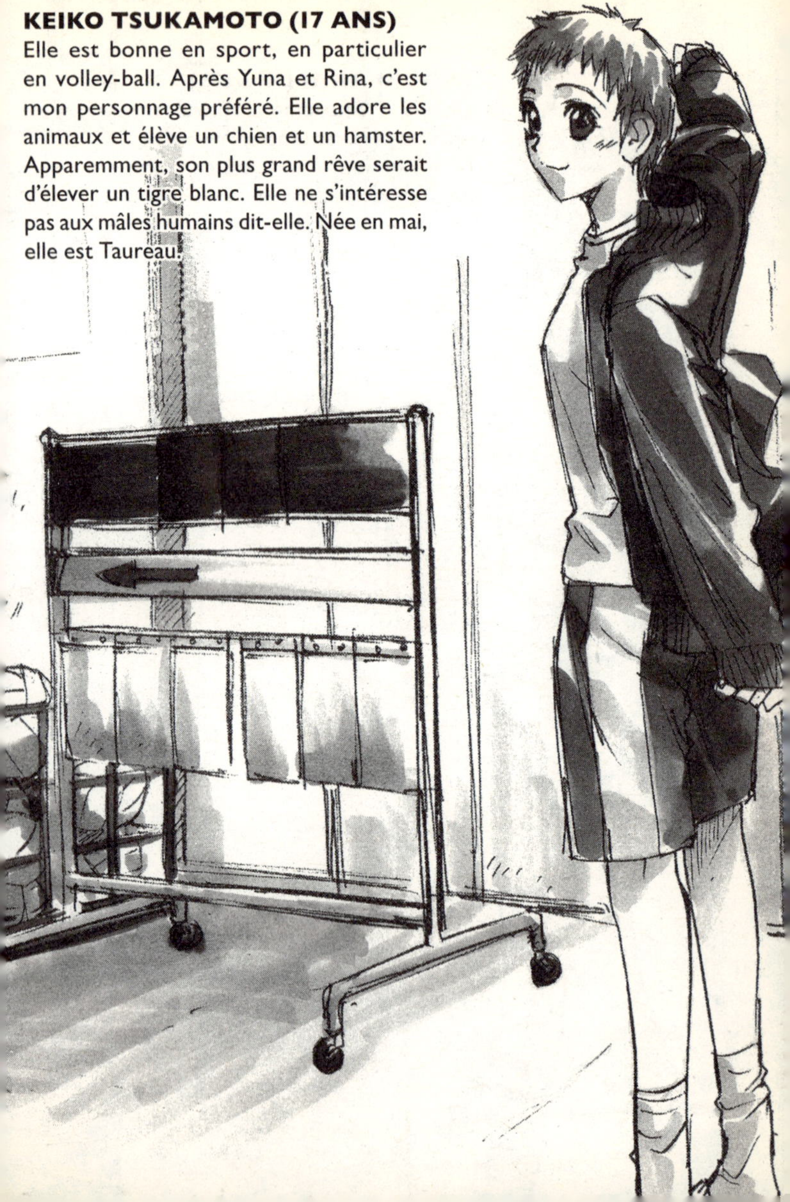

MIWA MASUKO (23 ANS)

La cousine du côté maternel de Rina. Elle s'entend avec les jumelles comme avec des sœurs et partage beaucoup de traits de caractère avec la vraie Yuna. Elle a beaucoup de succès avec les hommes mais semble ne pas s'y intéresser pour le moment. Si je le pouvais, j'aimerais bien écrire une histoire sur sa vie de lycéenne mais comme Masashi n'y jouerait aucun rôle, ça me semble impossible.

PRETTY FACE Vol. 2

First published in Japan in 2002 by SHUEISHA Inc., Tokyo.
French translation rights in France, Belgium, Luxembourg, Switzerland and Canada arranged by SHUEISHA Inc. through VIZ Media, LLC, U.S.A.

6, cité Paradis – 75010 Paris
Site internet : www.tonkam.com
E-mail : ecrivez-nous@tonkam.com

Traduction, adaptation, lettrage et maquette : Éditions Tonkam

1re édition française : octobre 2006

Achevé d'imprimer en France en septembre 2006
sur les presses de l'imprimerie Corlet à Condé-sur-Noireau (Calvados)
Dépôt légal : octobre 2006